HANNAH FRANZEN

Heimkehr zu mir

Kurzroman

Für alle,
die verlernt haben zu fliegen.
Es ist nie zu spät loszulassen
und die Flügel auszubreiten.

KAPITEL 1

„Luis.trz_078“

Ich starre auf sein Profil. Seit ein paar Tagen folgt er mir und so langsam kann ich der Versuchung nicht widerstehen. Mein Finger schwebt über dem Nachrichtenbutton.

Jetzt oder nie.

Ich schiebe meine lästigen Sorgen zur Seite, fasse meinen Mut zusammen und tippe.

M: Hey Luis, ich bin Mia. Ich finde dein Profil sehr sympathisch und würde dich gerne kennenlernen.

Zögernd lese ich mir meine Nachricht noch mal durch. Dann schicke ich sie ab. Nervös vor seiner Reaktion schmeiße ich mein Handy aufs Bett. Als ich nach unten gehen möchte, vibriert es. Neugierig öffne ich den Chat.

L: Hallo Mia, freut mich auch dich kennenzulernen. Wie geht es dir?

M: Mir geht es sehr gut und dir?

L: Mir auch, danke. Kommt dir die ganze Corona-Situation auch so surreal vor?

M: Ja, absolut. Ich dachte schon, dass ich die Einzige bin, die so darüber denkt.

L: Meine Familie ist bis jetzt verschont geblieben. Die Schule war von jetzt auf gleich zu. Unfassbar alles.

M: Also hast du dieses Jahr auch dein Abitur gemacht?

L: Ja, ätzend, wie das mit den Prüfungen gelaufen ist.

M: Zuerst hieß es, sie finden nicht statt. Dann wieder, sie finden statt und so weiter. Wie soll man da noch den Überblick behalten?

L: Keine Ahnung. Irgendwann habe ich es einfach aufgegeben. Naja, egal. Zumindest haben wir unser Abitur. Wie alt bist du eigentlich?

M: Ich bin 19 und du?

L: Auch. Sollen wir uns vielleicht mal treffen? Ich kenne ein kleines Café. Da gibt es richtig leckeren Kuchen. Und das Beste, es gibt keine Tische und Stühle, sondern nur Sofas.

M: Meinst du das Café Farbenfroh?

L: Du kennst das? Meinst du, wir müssen reservieren?

M: Natürlich kenne ich das. Eine Reservierung ist in Anbetracht der Corona-Situation sinnvoll. Die dürfen nur eine bestimmte Anzahl an Gästen reinlassen. Kannst du morgen?

L: Das stimmt. Ich kann morgen. Passt dir 15:00 Uhr? Dann reserviere ich.

M: Das passt sehr gut. Ich freue mich.

L: Ich mich auch, dann bis morgen.

Grinsend stecke ich mein Handy weg und gehe freudig runter. Ich habe morgen ein Date.

»Bruno«, rufe ich.

Hechelnd kommt mein Hund angetrabt. Sanft streichele ich seinen felligen Kopf.

»Sollen wir spazieren gehen?«

Er bellt. Das werte ich jetzt mal als Zustimmung. Ich schlüpfe in meine Sneaker, leine meinen Hund an und trete nach draußen. Ein kühler Wind bläst mir ins Gesicht. Wir gehen durch das Gartentor und stehen direkt auf unserem Feldweg. Mein Blick wandert über die Felder. Die Luft riecht frisch. In der Ferne höre ich Vogelgezwitscher. Sonst nichts als Ruhe. Ich kann mich niemals daran sattsehen. Bruno schaut mich mit seinen braunen Augen abwartend an. Er möchte endlich los. Also setze ich einen Fuß vor den anderen.

Den Rest des Tages verbringe ich damit aufzuräumen und mein Outfit für morgen herauszusuchen. Suchend wühle ich mich durch meinen Kleiderschrank. Wo hat sich denn nur meine schwarze Jeans versteckt?

»Mama, weißt du wo meine schwarze Jeans ist?«, rufe ich nach unten.

»Hast du mal im Wäschekorb nachgesehen?«

Bingo. Ein Blick in den Korb genügt und ich sehe meine Hose.

»Ich habe sie gefunden, danke.«

Eine Hose habe ich schon mal. Jetzt fehlt nur noch ein Oberteil.

Achtlos werfe ich alles, was mir nicht gefällt auf mein Bett. Ich ziehe ein grün geblümtes Langarmshirt aus dem Schrank. Das könnte gut aussehen. Prüfend stelle ich mich vor den Spiegel und halte es mir vor.

Sieht gar nicht so schlecht aus.

Ich lege meine Jeans und das ausgesuchte Oberteil ordentlich auf meinen Stuhl und gehe in die Küche.

Ein herrlich duftender Geruch steigt mir in die Nase. Mama kocht ihr berühmtes Gericht, namens „Hähnchenauflauf von Mama". Es besteht aus einer leckeren Soße, mit Nudeln, Hähnchen und Tomaten. Und natürlich darf der Käse nicht fehlen. Hungrig betrachte ich die dampfende Auflaufform im Ofen.

»Das sieht sehr lecker aus. Wann ist der Auflauf fertig?«

»In fünfzehn Minuten. Du kannst gerne schon mal den Tisch decken«, antwortet sie mit einem Blick auf die Uhr.

»Klar. Ich habe übrigens morgen ein Date«, sage ich beiläufig, während ich die Teller und das Besteck auf dem Tisch verteile.

»Das freut mich mein Schatz. Mit wem denn?«

»Er heißt Luis. Wir haben ein bisschen geschrieben und gehen morgen ins Café Farbenfroh.«

»Gute Wahl. Dort war ich schon damals mit deinem Vater. Wahnsinn, wie lange es den Laden schon gibt«, lacht sie.

»Ach komm, so alt bist du auch wieder nicht«, grinse ich zwinkernd.

Mama lacht und wendet sich ihrem Laptop zu. Stirnrunzelnd starrt sie den Text an.

»Kommst du nicht weiter mit deinem Buch?«, frage ich.

»Irgendwie ist das alles zu langweilig. Der Konflikt fehlt.«

»Darf ich?«

Nickend schiebt sie mir den Laptop zu. Konzentriert lese ich. Mama schreibt ein Familiendrama. Die Charaktere sind gut gewählt, aber sie hat recht. Es gibt keinen roten Faden und kaum Spannung. Nachdenklich tippe ich mir an die Stirn. Ich glaube, ich habe eine Lösung für das Problem.

»Du könntest einen Konflikt zwischen der Protagonistin und ihrer Schwiegermutter provozieren, der sich immer weiter zuspitzt. Vielleicht ein gut behütetes Familiengeheimnis, das langsam ans Licht kommen.«

Dankbar sieht sie mich an. »Ich denke, du hast mich da auf eine Idee gebracht. Danke.«

Mama drückt mir einen Kuss auf die Stirn und fängt an zu schreiben.

Nach ein paar Minuten piept der Backofen. Papa kommt in die Küche, wäscht sich die Hände und holt den Auflauf aus dem Ofen. Genüsslich essen wir.

Gemeinsam räumen wir die Küche auf, setzen uns auf die Coach und gucken eine Komödie. Bruno rollt sich zwischen meinen Beinen zusammen.

Am nächsten Morgen wache ich auf. Gähnend reibe ich mir den Schlafsand aus den Augen. Es ist 11:00 Uhr, also habe ich noch ausreichend Zeit, um zu duschen und mich in Ruhe fertig zu machen. Ich gehe in die Küche, wo meine Eltern am Tisch sitzen und in einer Zeitung blättern. Sie heben ihren Kopf, als sie mich bemerken.

»Guten Morgen«, begrüße ich beide.

»Guten Morgen. Um wie viel Uhr trefft ihr euch?«, fragt Mama.

»Um fünfzehn Uhr.«

Papa stellt mir eine dampfende Tasse Kaffee und ein selbstgemachtes Omelett auf meinen Platz.

Ich bin so nervös, dass ich kaum einen Bissen herunterbekomme.

»Ich gehe jetzt erstmal duschen.«

Mit einem entschuldigenden Blick gehe ich nach oben und springe unter die Dusche. Das lauwarme Wasser prasselt auf meinen Körper.

Mia, tief ein und ausatmen. Du musst nicht so nervös sein, das wird gut, versuche ich mich selbst zu beruhigen.

Nachdem ich meine Haare geföhnt und mich angezogen habe, gehe ich nach unten.

»Du siehst sehr hübsch aus«, stellt Mama fest, während sie mich eingehend betrachtet.

Mit einem unsicheren Lächeln bedanke ich mich.

Ich bin echt aufgeregt.

»Wenn etwas ist, ruf mich an. Das wird bestimmt ein schönes Date. Du brauchst nicht so nervös zu sein.«

Es ist unfassbar, wie Mama es jedes Mal schafft, meine Gedanken zu lesen. Manchmal ist sie mir echt unheimlich.

Wir umarmen uns.

»Viel Spaß und pass auf dich auf«, sagt Papa.
Ich verabschiede mich von beiden und laufe in den Stadtpark, der fußläufig zu erreichen ist.

Luis wartet schon auf mich. Er lehnt an einem Baum und hat seine Hände tief in den Hosentaschen vergraben. Für einen kurzen Moment bleibt die Welt um mich herum stehen. Mir stockt der Atem. Es lässt sich nicht leugnen: Luis ist schön. Seine Haare fallen ihm leicht in die Stirn. Mit einer lässigen Handbewegung streicht er sie zurück. Als er mich entdeckt, schlendert er lächelnd auf mich zu.
Umwerfend …

»Hey Mia, es freut mich dich jetzt auch mal persönlich kennenzulernen. Gut siehst du aus.«
Die Röte schießt mir ins Gesicht.
Ohne eine Antwort abzuwarten, umarmt er mich. Es fühlt sich richtig gut an. Meine anfängliche Nervosität ist wie weggeblasen.

»Hey Luis, freut mich auch. Du siehst auch gar nicht so schlecht aus«, antworte ich mit einem Zwinkern.
Belustigt zieht er eine Augenbraue hoch und grinst mich an.
Dieses Lächeln …

»Komm, Mia. Es ist gleich fünfzehn Uhr. Nicht, dass wir noch unsere Reservierung verpassen.«
Mit seiner warmen Hand berührt er mich flüchtig am Rücken und schiebt mich in Richtung Café.
Wir betreten das kleine einladende Café. Da noch fast alle Plätze frei sind und wir ohnehin reserviert haben, dürfen wir uns aussuchen, wo wir uns hinsetzen. Luis geht zielstrebig auf ein knallgelbes Sofa zu. Über seinen Geschmack lässt sich streiten. Er lässt sich auf die Polster fallen und ich nehme neben ihm Platz.

»Machst du momentan eine Ausbildung oder etwas

anderes?«, fragt er.

»Ich mache einen Bundesfreiwilligendienst in einer Grundschule. Es macht richtig Spaß.«

»Das klingt gut. Möchtest du später auch in diesem Bereich arbeiten?«

»Definitiv. Die Arbeit dort erfüllt mich. Und was machst du so?«

»Ich habe eine Ausbildung als Physiotherapeut angefangen.«

Interessiert frage ich ihn darüber aus. Mit Leichtigkeit unterhalten wir uns, sodass ich das Gefühl habe, wir kennen uns schon ewig. Ihm scheint es ähnlich zu gehen. Sein Gesichtsausdruck ist entspannt, und er lächelt mich die ganze Zeit an.

Nach einer Weile kommen unsere Getränke und für jeden von uns ein Stück Kuchen. Vorsichtig nippe ich an meiner Tasse. Genüsslich essen wir unseren Kirschkuchen.

Luis übernimmt kommentarlos die Rechnung. Gemeinsam gehen wir zum Ausgang. Er legt seinen Kopf schief und schaut mich an. »Leider muss ich jetzt nach Hause. Ich fand unser Date sehr schön und möchte das wiederholen. Kannst du vielleicht am Wochenende? Wir könnten an den See und Tretboot fahren.«

Mein Herz macht einen kleinen Satz. »Das war wirklich ein sehr schönes Date. Ja, ich kann am Wochenende. Wie wäre es mit Samstag um vierzehn Uhr?«

Luis kann seine Vorfreude kaum verbergen, denn seine Mundwinkel zucken verräterisch nach oben. »Das passt sehr gut. Ich freue mich.«

Wir umarmen uns zum Abschied.

KAPITEL 2

Ungeduldig schaue ich auf die Uhr.
Luis und ich haben heute unser zweites Date. Er hat angeboten, mich abzuholen. Endlich höre ich die Klingel.

»Ich mach auf«, rufe ich.

Mama schaut mich wissend an und zwinkert mir zu. »Viel Spaß mein Schatz. Ich habe dich lieb.«
Im Vorbeigehen drücke ich ihr einen Kuss auf die Stirn und öffne die Tür. Ein lächelnder Luis steht dort. Wir umarmen uns.

»Hallo Mia, schön, dich zu sehen.«

Mein verräterisches Herz klopft bei seinem Anblick schneller. »Hallo Luis, es freut mich auch, dich zu sehen.« Traurig schaue ich in den Himmel. »Meinst du, es wird regnen?«

»Vermutlich schon. Aber vielleicht haben wir Glück. Hast du einen Regenschirm?«

Ich ziehe den Regenschirm aus dem Ständer. »Sollen wir los?«
Luis nickt. Gemeinsam laufen wir durch den Park bis zum See. Auf dem Weg fängt es an zu regnen.

»Gib mir mal bitte den Schirm. Du bist kleiner als ich, dann musst du dich nicht so strecken.«

Unsere Hände berühren sich, als er ihn nimmt. Diese flüchtige Berührung schickt kleine Stromschläge durch meinen Körper.
Wir quetschen uns unter den Regenschirm. Nach kurzer Zeit hört es auf zu regnen und ein wunderschöner Regenbogen erscheint am Himmel. Lächelnd betrachten

wir das Spektakel und leihen uns ein Tretboot aus. Luis setzt sich nach hinten. Ganz entspannt lehnt er sich auf dem Sitz zurück und verschränkt seine Arme hinter dem Kopf.

Wie macht er das nur immer? Er sieht bei jeder Bewegung unglaublich gut aus und strahlt dabei eine Gelassenheit aus, die mich fasziniert. Seine Augen sind geschlossen, sodass ich ihn beobachten kann. Völlig in Gedanken versunken, spüre ich ein paar Wassertropfen auf meiner Haut. Ich schaue in den Himmel. Der ist inzwischen aber wieder aufgeklart und die Sonne lugt leicht hinter den Wolken hervor. Also blicke ich zurück und sehe gerade noch, wie Luis mich mit seiner Hand nass spitzt. Er grinst frech. Schnell räche ich mich an ihm und wir lachen beide.

Nach einer Weile fahren wir zurück zur Anlegestelle. Beim Aussteigen reicht er mir seine Hand. Dankbar ergreife ich sie.

Aufgeregt schaut er mich an. »Komm mit. Ich möchte dir einen besonderen Ort zeigen.«

Luis führt mich einen schmalen Pfad entlang.

»Wo gehen wir hin?«, frage ich nach einer Weile. Dieser Weg kommt mir inzwischen endlos vor. Der Boden ist uneben und es geht steil bergab.

Kopfschüttelnd läuft er wortlos weiter. Nach vielen weiteren anstrengenden Metern bleibt er abrupt stehen. Neugierig schaue ich mich um. Vor mir erstreckt sich ein moosbewachsener kleiner Wasserfall. Das Wasser plätschert friedlich herunter.

»Wow…«, ist das Einzige, was ich hervorbringe. Der Anblick ist atemberaubend.

»Gefällt es dir?« Amüsiert guckt er mich an.

»Soll das ein Witz sein? Und ob es mir hier gefällt. Wie hast du diesen Ort entdeckt?«

»Durch Zufall. Ich war hier in der Nähe spazieren und hörte ein Piepsen, dem bin ich gefolgt. Um ehrlich zu sein, hatte ich Angst den Weg nicht mehr zurückzufinden, aber ich war viel zu neugierig. Das Geräusch wurde immer lauter und dann sah ich, woher es kam. Ein kleiner Vogel war ins Wasser gefallen und kämpfte ums Überleben. Die Strömung war zu stark für ihn. Da ich so konzentriert war, den kleinen Vogel zu retten, fiel mir der wunderschöne Anblick zuerst gar nicht auf. Ich nahm diesen besonderen Ort erst wahr, als ich den kleinen Kämpfer in Sicherheit gebracht hatte. Seitdem bin ich hier regelmäßig, um einfach abzuschalten. Naja, …« Er macht eine kurze Pause und sieht mich an. »Ich habe diesen Ort noch niemandem gezeigt. Du bist die Erste.«

»Ich fühle mich geehrt, danke. Der Ort hat etwas Magisches.«

Luis setzt sich ins Gras und klopft einladend neben sich. Ohne lange zu zögern, lasse ich mich neben ihn fallen. Hinter dem Wasserfall können wir das unglaublich schöne Farbenspiel des Sonnenuntergangs betrachten. Schweigend genießen wir diesen schönen Augenblick. In der Ferne hören wir die Zikaden, die ein Konzert geben. Luis schaut mich mit seinen warmen haselnussfarbenen Augen an. Mein Herz schlägt schneller. Perfekter könnte der Moment nicht sein. Ich erwidere seinen intensiven Blick. Keiner von uns sagt ein Wort. Unsere Lippen trennen nur noch wenig voneinander, aber ich traue mich nicht den ersten Schritt zu machen. Leider macht auch er keine Anstalten dazu, von sich aus die Initiative zu ergreifen.

»Komm, Mia, es wird langsam dunkel.« Er wischt sich das Gras von der Hose und reicht mir seine Hand.

Lächelnd ergreife ich sie. Zitternd stehe ich auf. Die Temperaturen sind stark gefallen und in meiner dünnen

Jacke ist mir viel zu kalt. Mit schnellen Schritten laufen wir durch den Park zu mir. Mit einer Umarmung verabschieden wir uns.
Ich drehe den Schlüssel im Schloss und begrüße meine Eltern. Sie sitzen auf dem Sofa.
»Ich bin echt erledigt. Gute Nacht, ich habe euch lieb.«
Gähnend gehe ich nach oben und lasse mich auf mein Bett fallen.
Mein Handy vibriert in meiner Tasche. Lächelnd lese ich seine Nachricht.

L: Ich bin zuhause. Das Date war sehr schön. Schlaf gut.

M: Gute Nacht, du auch. Es war wirklich sehr schön und der Ort, den du mir gezeigt hast, war atemberaubend.

Ich wache von Brunos Bellen auf. Da ich die leisen Stimmen meiner Eltern von unten höre, bleibe ich liegen. Ich schaue auf mein Handy. Keine neuen Nachrichten. Enttäuscht lege ich es zur Seite und ziehe mir eine Jogginghose und ein warmes Sweatshirt an. Mein Magen knurrt. Also gehe ich runter und frühstücke mit meinen Eltern. Ich schlucke den letzten Bissen herunter, räume den Tisch ab und renne nach oben. Genau in dem Moment brummt mein Handy.

L: Guten Morgen Mia, ich hoffe du hast gut geschlafen.

Schnell antworte ich ihm.

M: Guten Morgen Luis, ich habe sehr gut geschlafen und du? Hast du morgen Zeit? Du kannst zu mir kommen.

L: Sehr gerne. Um 18:00 Uhr?

Mit einem Lächeln bestätige ich die Uhrzeit.

Am nächsten Morgen werde ich von meinem gut gelaunten

Vater geweckt.

»Guten Morgen, Schlafmütze«, sagt Papa, während er mein Rollo hochzieht. »Es gibt Croissants, magst du runterkommen und mit uns frühstücken?«

»Gib mir fünf Minuten.« Mit meinen Händen schirme ich die Sonne ab, die durch mein Fenster scheint.

Schnell ziehe ich mir etwas an und gehe in die Küche. Mir steigt ein warmer, leckerer Geruch in die Nase. Die dampfenden Croissants stehen schon auf dem Tisch.

Genüsslich beiße ich in den Blätterteig. Fast verbrenne ich mir an dem geschmolzenen Käse meine Zunge.

»Luis kommt heute Abend« sage ich zwischen zwei Bissen, »so gegen achtzehn Uhr. Ist das okay?«

»Natürlich. Was wollt ihr denn essen?«, fragt Mama.

Achselzuckend stehe ich auf und räume den Tisch ab. »Ich weiß nicht. Vielleicht kannst du mir später helfen, ein bisschen Fingerfood vorzubereiten?«

»Sehr gerne. Bist du auf dem Sprung?«, fragt sie grinsend.

Schuldbewusst schaue ich sie an. »Kann man so sagen. Ich muss mein Zimmer noch aufräumen.«

Sie zwinkert mir zu. »Dann bist du entlassen.«

Dankbar lächele ich meine Mutter an und gehe nach oben. Nach drei Stunden sieht mein Zimmer ganz ungewöhnlich aus. So ordentlich und sauber war es, glaube ich, noch nie. Nervös schaue ich auf mein Handy. Es ist 17:00 Uhr. Ich muss mich langsam mal umziehen.

Ding Dong

Jede Stufe zweimal nehmend laufe ich die Treppen herunter. Ein wenig außer Atem öffne ich Luis die Tür. Er begrüßt mich und meine Eltern und streichelt Bruno über den Kopf. Dann gehen wir zusammen nach oben. Neugierig schaut er sich in meinem Zimmer um. Luis setzt sich auf mein Bett und sieht mich erwartungsvoll an.

»Was wollen wir machen?« Er greift nach einem Pizzabrötchen. »Das schmeckt alles sehr lecker.« Kauend wendet er sich dem Teller zu, auf dem frisch geschnittenes Obst, Pizzabrötchen und noch andere Kleinigkeiten liegen.

»Wir könnten ein Kartenspiel spielen, bei dem man einzelne Phasen durchlaufen muss, oder etwas anderes«, überlege ich laut.

»Das Kartenspiel klingt sehr gut. Holst du es? Ich würde dir ja helfen, ...« Er deutet mit seinem Finger auf den Teller. »aber ich bin hier beschäftigt.« Luis grinst mich an.

Lachend hole ich das Spiel aus dem Schrank. Wir setzen uns auf den Teppich und verteilen die Karten. Es dauert zwei Stunden, bis ich vor ihm die letzte Phase schaffe und gewinne. Danach spielen wir eine weitere Runde. Diesmal habe ich keine Chance gegen ihn.

»Ich würde mal sagen, ein Unentschieden«, sagt er lachend. Mit einem Blick auf die Uhr steht er auf. »Die Revanche müssen wir auf ein anderes Mal verschieben.«

Gemeinsam gehen wir nach unten und verabschieden uns.

»Es war wie immer sehr schön mit dir«, sagt Luis, während er sich grinsend verbeugt.

»Du Komiker«, necke ich ihn. »Es war auch wie immer sehr schön mit dir.«

KAPITEL 3

Luis und ich haben uns in den letzten vier Wochen regelmäßig getroffen. Wir sind schwimmen gegangen, spazieren, Eis essen und haben mehrere Spieleabende veranstaltet. Ich genieße es Zeit mit ihm zu verbringen.

Ich laufe zu Neles und meinem Lieblingsplatz, einer kleinen und abgelegenen Wiese. Zum Glück kennt kaum jemand diesen Ort, denn es gibt dort nur zwei gemütliche Holzliegen. Während ich auf sie warte, denke ich an Luis.
Was genau ist das zwischen ihm und mir? Ich vermisse ihn, wenn er nicht bei mir ist.

»Hey Mia…«Nele tippt mir auf die Schulter, weil ich nicht reagiere.
Erschrocken fahre ich herum. »Hey, sorry ich war gerade nicht im Hier und Jetzt. Setz dich.« Einladend zeige ich auf die Liege neben mir.
»Du wirkst schon seit einer Woche abwesend. Ist alles gut mit dir? Wo warst du denn mit deinen Gedanken?
»Ach keine Ahnung. Dauernd muss ich an Luis denken. Ich weiß auch nicht was momentan mit mir los ist«, antworte ich.
»Du bist verliebt Mia«, sagt sie wissend.
Ungläubig schüttele ich den Kopf. »Das geht doch nicht so schnell, oder? Wir haben uns in letzter Zeit viel getroffen, aber ich weiß nicht, ob das für ihn nur freundschaftlich ist.«
»Wie ist er denn, wenn ihr zusammen seid?«
»Er ist süß und freut sich immer, wenn wir uns sehen.

Es gibt immer wieder flüchtige Berührungen und er lächelt immer, wenn er mich anschaut. Luis kann einem tief in die Seele schauen, und das tut er, wenn wir zusammen sind. Manchmal spricht er meine Gedanken laut aus. Wir verstehen uns auch ohne Worte. Ich habe dir doch von diesem besonderen Ort erzählt, oder? Den hat er nur mir gezeigt.«

»Das klingt für mich nicht nur nach Freundschaft. Was fühlst du, wenn du ihn siehst?«

»Geborgenheit«, ist das Erste, was mir zu ihrer Frage einfällt. »Mein Herz klopft schneller, wenn er bei mir ist. Ich fühle mich sicher bei ihm. Sein Lächeln raubt mir den Verstand. Wenn er da ist, dann ist alles gut.«

»Ich denke, du hast dir damit deine Frage, ob man sich so schnell verlieben kann, selbst beantwortet ...«

»Du hast recht. Ich bin in Luis verliebt. Aber was ist, wenn er meine Gefühle nicht erwidert? Dann ruiniere ich unsere ganze Freundschaft.«

»Ist es das Risiko nicht wert? Sei mal ehrlich, kannst du nur mit ihm befreundet sein?«

Nele hat recht. Ich möchte mir gar nicht vorstellen, wie es sich anfühlt, wenn er von einem anderen Mädchen erzählt.

»Nein, das kann ich nicht. Ich werde mutig sein und ihm meine Gefühle gestehen.«

»Genau. Sonst wirst du es immer bereuen.«

Ohne noch lange zu zögern, ziehe ich mein Handy aus meiner Hosentasche, öffne unseren Chat und tippe.

M: Hey Luis, ich muss dir was sagen. Unsere Freundschaft ist mir sehr wichtig, aber ich kann nicht länger so tun, als wäre da nichts. Ich kann nicht mehr nur mit dir befreundet sein, denn ich habe Gefühle, die diese Grenze überschreiten. Ich bin verliebt in dich.

Nele liest sich meine Nachricht durch und nickt zustimmend. Also drücke ich auf Senden. Jetzt heißt es warten. Nervös kaue ich auf meiner Unterlippe herum. Wir verabschieden uns. Entschlossen, seine Antwort nicht zuhause im Dasein meiner Eltern zu lesen, setze ich mich auf die Bank am See. Um mich abzulenken, beobachte ich die Enten im Wasser, die um ein Stück Weißbrot kämpfen. Nervös trommele ich mit meinen Fingern auf das Holz.

Mein Handy leuchtet auf. Ich öffne seine Nachricht. Sie zerreißt mir mein Herz.

L: Mia, es tut mir leid. Ich mag dich als eine Freundin, aber nicht mehr. Wenn wir schon so ehrlich zueinander sind, dann muss ich dir noch etwas gestehen. Seit ein paar Wochen treffe ich mich mit einem Mädchen und es läuft sehr gut. Ich mag sie und das könnte etwas werden.

Verletzt antworte ich.

M: Ich kann das nicht. Das verletzt mich. Ich brauche Abstand, um dich zu vergessen.

Statt eines Versuchs an unserer Freundschaft festzuhalten, schreibt er nur.

L: Das kann ich verstehen. Schade. Dann mach es gut.

Irritiert lese ich unseren Chatverlauf. Seit Monaten schreiben wir pausenlos miteinander *und das war es jetzt? Keine Nachrichten mehr von ihm?* Ich hatte echt geglaubt, er würde auch etwas für mich empfinden.
Mühsam erhebe ich mich von der Bank. Wütend kicke ich ein Steinchen mit dem Fuß weg. Eine Träne rinnt über meine Wange. Ihr folgen weitere. Schluchzend schreibe ich Nele.

M: Er hat eine andere.

Mein Herz tut weh. Weinend mache ich mich auf den

Weg nach Hause. Mit einem Taschentuch wische ich meine Tränen weg. Meine Eltern sollen mich so nicht sehen.
Schwanzwedelnd begrüßt mich Bruno. Auf dem Küchentisch liegt ein Zettel.

Hallo mein Schatz, wir sind noch unterwegs. Melden uns, wenn wir auf dem Rückweg sind. Wir haben dich lieb.

Stampfend gehe ich die Treppen hoch in mein Zimmer. Ich lege mich ins Bett und ziehe die Bettdecke bis über mein Kinn. Die Tränen fließen.
Meine Gedanken geben keine Ruhe. *Wieso liebt er mich nicht? Bin ich nicht gut genug? Was habe ich falsch gemacht? Findet er mich hässlich?*
Ohne es zu merken, stürze ich in einen Abgrund meiner Gefühlswelt. Ich bin schuld daran, dass Luis mich nicht liebt. Irgendetwas muss falsch an mir sein. Ihm gefällt ein anderes Mädchen. Sie wird hübscher sein als ich. Es muss einfach an mir liegen.

KAPITEL 4

Mein Handy vibriert. Suchend schmeiße ich meine Bettdecke und mein Kissen auf den Boden. Wo ist mein Handy? Es brummt. Da. Es ist zwischen den Nachtisch und das Bett gefallen. Ich fische es heraus und lese.

B: Guten Morgen Mia, lange nichts gehört. Wie geht's dir?

Soll ich Bella die Wahrheit erzählen, oder bei meiner Standardantwort bleiben? Bisher hat jeder der mir in den letzten drei Monaten diese Frage gestellt hat, eine Lüge aufgetischt bekommen. Es tut einfach zu sehr weh, über meinen Schmerz zu reden. Aber es ist vielleicht auch mal an der Zeit, ehrlich zu sein. Vielleicht hilft es mir sogar, mit jemandem über meine wirklichen Gefühle zu sprechen. Auch wenn Bella und ich noch nie wirklich engen Kontakt hatten, habe ich das Gefühl, das sie dafür die Richtige ist. Vielleicht auch gerade deshalb, weil wir uns nicht so gut kennen.

M: Guten Morgen Bella, um ehrlich zu sein, nicht so gut. Weihnachten steht vor der Tür und ich fühle mich einsam. Ich bin deprimiert und unglücklich verliebt. Aber sonst ist alles gut bei mir. Wie geht es dir denn? Ich hoffe, besser.

B: Das tut mir leid. Mir geht es momentan auch nicht gut. Ich habe mich von meinem Freund getrennt. Keine Ahnung, das habe ich, glaube ich, noch nicht richtig begriffen. Wir waren 4 Jahre zusammen.

Nicht eine Sekunde zögere ich. Während ich mein Bett wieder ordentlich mache, tippe ich.

M: Bella, hast du morgen Zeit? Ich komme vorbei und wir machen irgendetwas zusammen. Passt dir 10:00 Uhr? Ein bisschen Ablenkung wird uns beiden guttun.

B: Das passt mir sehr gut. Ich freue mich. Bis morgen.

Ich lege mein Handy weg und werde heute das tun, was ich seit ein paar Monaten mache: absolut nichts. Mein Leben besteht momentan aus Serien gucken, nur um dann heulend zusammenzubrechen, wenn sich dort zwei Menschen ineinander verlieben. Ich verkrieche mich oben in meinem Zimmer und komme nur heraus, wenn es notwendig ist. Also maximal zum Essen. In letzter Zeit weine ich so viel, dass ich mich allmählich frage, wieso ich nicht schon längst ausgetrocknet bin. Niemand weiß, wie es mir geht. Denn inzwischen bin ich unschlagbar darin, ein Lächeln aufzusetzen und allen die fröhliche Mia vorzuspielen. Ich möchte nicht reden, sondern mich einfach nur hinter meinem Panzer verstecken. Meine Mama macht sich Sorgen, weil ich mich so gehen lasse. Ständig fragt sie mich, ob alles gut ist. Ich würde ihr so gerne die Wahrheit sagen, aber ich kann nicht …

Dass ich Bella die Wahrheit erzählt habe, hätte ich mir selbst nicht zugetraut.

Wenn ich in den Spiegel schaue, sehe ich ein verheultes Mädchen, das irgendwo vom Weg abgekommen ist und ihn nicht wiederfindet. Ich habe mich von meinen Freunden und allem völlig abgeschottet. Mein Leben stagniert.

Am nächsten Morgen wache ich auf und springe unter die Dusche. Das Wasser perlt an meiner Haut ab und Wärme fließt über meinen Körper. Ich könnte stundenlang hier stehen. Die Duschwand ist schon ganz beschlagen. Mit meiner Hand wische ich über die Scheibe, um einen Blick auf die Uhr zu erhaschen: 9:15 Uhr. Ich drehe das Wasser ab und steige aus der Dusche. Schnell trockne ich mich ab, föhne meine Haare und ziehe mich an.

Nach dem Frühstück fahre ich zu Bella.
Ich stehe vor ihrer Haustür und klingele.

»Ich bin sofort da«, ruft sie.

Ein paar Sekunden später öffnet sie mir. »Hey Mia, sorry dass du kurz warten musstest. Ich habe noch etwas mit einer Kollegin klären müssen. Komm rein.«
Sie umarmt mich und bedeutet mir, ihr zu folgen. Ihr Zimmer ist ordentlich und gemütlich eingerichtet. Wir setzen uns aufs Bett.

»Schön, dass du da bist«, sagt Bella lächelnd.

»Tut mir leid, dass du dich von Erik getrennt hast. Wie kam es dazu?«, frage ich sie, um sofort von mir abzulenken.

»So funktioniert das nicht, Mia. Ich möchte, dass du mir erzählst, was los ist. Offensichtlich geht es dir nicht gut. Du siehst aus, als hättest du tagelang durchgeweint und du bist so blass wie ein Vampir. Was ist mit dir passiert? So kenne ich dich nicht. Dein Anblick ist erschreckend. Kannst du bitte aufhören, so zu tun, als würde es dir gut gehen? Du kannst absolut ehrlich zu mir sein. Tut mir leid, dir das so sagen zu müssen, aber du siehst schrecklich aus. Das bereitet mir Sorgen.«
Bella hat einen wunden Punkt getroffen. Ungläubig schaue ich sie an. *Wieso hat sie gemerkt, dass mein Lächeln nur aufgesetzt ist?* Meine Fassade bröckelt und ich kann beim besten Willen nichts dagegen tun. Sie hat mich eiskalt erwischt. *Sehe ich so schlecht aus? Und warum kann ich meine Tränen kaum noch zurückhalten? Ich habe monatelang so gut durchgehalten, warum gelingt mir das jetzt nicht mehr?*

»Mia… es tut mir leid, wenn ich zu weit gegangen bin.« Unsicher schaut Bella mich an.

»Nein, ich …« Meine Stimme versagt. Eine Träne rinnt mir

die Wange herunter. Schnell schaue ich nach unten. Aber Bella hat sie schon bemerkt.

»Sieh mich an.« Sie berührt meine Schulter. »Bitte, Mia.«

Langsam hebe ich meinen Kopf. Ihr Blick ist weich. Sie reicht mir ein Taschentuch und rückt näher an mich heran. »Brauchst du eine Umarmung?«

Nickend umschlinge ich sie mit meinen Armen. Bella hält mich ganz fest. Meine angestauten Emotionen bahnen sich ihren Weg nach draußen. Ich lasse es zu. Niemand von uns bricht die Stille. Lediglich mein ersticktes Weinen ist wahrzunehmen. Zögerlich löse ich mich aus ihrer Umarmung und sehe sie an.

»Ich denke, ich bin jetzt bereit, darüber zu sprechen.«

»Bist du dir sicher?«

»Ja, ich brauche das. Wo fange ich am besten an…«

Abwartend sitzt Bella vor mir und lächelt mir ermutigend zu.

»Luis und ich haben uns online kennengelernt und uns recht schnell verabredet. Wir hatten mehrere schöne Dates zusammen und ich habe die Zeit mit ihm sehr genossen. Er hat mir einen besonderen Ort gezeigt, an dem er noch nie mit jemandem war. Für mich klang das nicht wie nur Freundschaft …«

Bella bestätigt meine Ansicht mit einem Nicken.

»Ich habe mich in ihn verliebt und ihm meine Gefühle gestanden. Er hat sie jedoch nicht erwidert. Außerdem meinte er, dass es da jemanden gibt. Ich kam mir noch nie so blöd vor in meinem Leben. Seit ein paar Monaten lebe ich nur noch so vor mich hin und mache nichts.«

»Falsche Hoffnungen zu wecken ist echt mies. Das hast du nicht verdient! Liebeskummer hin oder her, du darfst dich nicht so hängen lassen. Du siehst aus wie ein Häufchen Elend. Geht es dir dadurch wirklich besser?«

»Ich weiß es nicht. Nein, eigentlich nicht …«

Wenn ich darüber nachdenke, merke ich, dass mir das ständige Weinen und die Untätigkeit nicht weiterhelfen. Ganz im Gegenteil, beides macht mich müde und zehrt mich innerlich aus. Ich kann nicht mehr. Auch das aufgesetzte Lachen ist verdammt anstrengend.

»Aber, wie soll ich ihn vergessen? Ich liebe ihn mit jeder einzelnen Faser meines Körpers.«

»Die Zeit wird deine Wunden heilen. Ja, das ist so ein dämlicher Spruch, aber er ist wahr. Versprich mir nur etwas, okay?«

Fragend schaue ich sie an. »Was denn?«

»Leb dein Leben. Verpass es nicht nur wegen eines Jungen, der nicht erkannt hat, was er an dir hat.«

»Versprochen, aber dafür brauche ich dich.«

»Ich bin für dich da!«

»Dann bist du jetzt dran. Wieso seid ihr nicht mehr zusammen?«

»Es hat schlicht und einfach nicht mehr harmoniert zwischen uns. Wir hatten zu unterschiedliche Ansichten und Meinungen. Ich habe schon lange an unserer Beziehung gezweifelt, aber habe dann doch immer wieder die rosarote Brille aufgesetzt und mein Bauchgefühl ignoriert.«

»Was hat sich geändert? Warum hast du doch Schluss gemacht? Ist irgendetwas vorgefallen?«

»Nicht direkt, aber wir haben immer wieder gestritten und ich konnte einfach nicht mehr.«

»Das kann ich verstehen. Wie geht es dir jetzt damit?«

»Ganz ehrlich? Keine Ahnung. Ein Stück weit erleichtert und vor allem stressfreier. Aber ich vermisse ihn trotzdem. Wir waren lange zusammen.«

»Das tut mir leid. Leider wird das ebenfalls Zeit brauchen,

bis du ihn vergessen hast. Ich schätze dann müssen wir beide wohl einfach mehr zusammen unternehmen.«
Bella lächelt. »Dann lass uns direkt einen neuen Termin festlegen. Du kannst nächste Woche Samstag zu mir kommen und hier übernachten.« Unsicher wartet sie auf meine Antwort.

»Sehr gerne. So um siebzehn Uhr?«

»Das passt. Musst du schon gehen?«

Ich erhebe mich von ihrem Bett. »Ja, ich gehe gleich mit meiner Familie essen. Tut mir leid.«

In meinem Kopf sortiere ich meine Gedanken. Mir ist eine Last von den Schultern gefallen und das habe ich Bella zu verdanken. Es tat unglaublich gut, mir alles von der Seele zu reden.

»Danke für alles. Mir geht es jetzt tatsächlich besser. Ich freue mich darauf, dich wiederzusehen.«

»Mir tat es auch gut, mit dir zu reden. Also danke.«

Wir umarmen uns zum Abschied. Aus uns könnte eine großartige Freundschaft werden.

Am Samstagmorgen wache ich von einem lauten Geräusch auf. Erschrocken stehe ich auf und schaue aus dem Fenster. Mein Blick trifft sich mit dem eines jungen Bauarbeiters, der auf einem Gerüst herumturnt. Kurz winkt er, dann wendet er sich wieder seiner Arbeit zu. Ich schalte das Licht an und packe meine Sachen für heute Abend.

»Mama, kann ich eine Flasche Sekt mitnehmen?«, rufe ich nach unten.

Meine Mutter kommt in mein Zimmer. »Natürlich. Im Kühlschrank stehen noch zwei. Bediene dich.« Sie runzelt die Stirn. »Woher kommt eigentlich dieses schreckliche Geräusch?«

Ich zeige mit dem Finger nach draußen. »Die bauen wohl ein neues Geschäft. Können die nicht später anfangen? Es ist sieben Uhr. Normalerweise hätte ich länger geschlafen.« Mama folgt meinem Finger. »Manche müssen nun mal arbeiten.« Sie grinst mich frech an.

»Ach komm schon. Ich habe Ferien. Gönn mir mal die Auszeit.«

»Ich gönne sie dir. Hast du verdient. So, ich gehe wieder runter, kommst du gleich frühstücken?«

»Klar. Bis gleich.«

Was ziehe ich denn später an?

Ich öffne Bellas Chat und tippe.

M: Guten Morgen Bella, ich hoffe du hast gut geschlafen. Wäre eine Jeans heute unpassend?

Ich frage bewusst so, vielleicht ein wenig manipulativ. Diese Frage impliziert eigentlich schon ihre Antwort. Erstens bin ich viel zu bequem, um mir eine Jeans anzuziehen und zweitens soll es doch ein gemütlicher Abend werden.

B: Guten Morgen. Wieso fragst du nicht direkt, ob du eine Jogginghose anziehen kannst? Haha, du versuchst mich in die richtige Richtung zu schieben. Zu deinem Glück habe ich mich ohnehin schon auf eine Jogginghose eingestellt. Um deine Frage also zu beantworten. Ja, eine Jeans wäre unpassend.

Mist, sie hat mich durchschaut. Wie macht sie das nur immer …

M: Du bist einfach zu clever für mich. Aber ich bin froh, dass deine Antwort die erhoffte war.

B: Ach quatsch. Du bist nur einfach zu durchschauen. Ich freue mich auf dich. Bis später.

Ich schicke noch einen Lachsmiley hinterher und packe meine Sachen fertig. Anschließend gehe ich runter frühstücken. Es gibt Rührei mit frischem Schnittlauch, dazu Brötchen vom Bäcker und jede Menge geschnittene Rohkost.
Nach dem Frühstück gucke ich ein paar Folgen meiner Serie.

»Schatz, du musst los«, sagt Mama.
Ich muss eingeschlafen sein. Verwirrt öffne ich meine Augen und sehe sie an. »Wie viel Uhr ist es?«
»Sechzehn Uhr. Also kein Stress.«
»Danke, dass du mich geweckt hast.«
»Hier, trink das. Reich an Vitaminen. Habe ich gerade frisch gepresst.« Sie reicht mir ein Glas mit einer gelb-orangen Flüssigkeit. Es sieht nach einer Mischung aus Orange und Zitrone aus. Dankbar führe ich das Glas an meine Lippen und trinke es in einem Zug leer. Ich schüttele mich. Das war sauer.
»Guck nicht so«, sagt Mama grinsend.
»Wie gucke ich denn? Sauer?«, gebe ich lachend zurück.
»Du bist ja so witzig, Mia. Ich habe dich lieb. Mach dich mal fertig. Du musst gleich los.«
Ich springe aus dem Bett, ziehe mich um und schnappe mir meine Tasche. Dann gehe ich nach unten.
»Vergiss die hier nicht.« Mama steht im Türrahmen und hält mir die Flasche Sekt hin.
»Danke. Ich habe dich lieb. Bis morgen.«
Mama gibt mir einen Kuss auf die Stirn. Bruno steht hechelnd vor mir.
»Wir gehen morgen eine große Runde spazieren, okay?«
Er wedelt mit dem Schwanz. Sanft streichele ich ihn und gehe zum Auto.

Mit einer kleinen Tüte in der Hand klingele ich. Bella öffnet mir freudestrahlend und umarmt mich stürmisch.

»Ich freue mich auch, dich zu sehen«, sage ich grinsend. Gemeinsam gehen wir in ihr Zimmer und lassen uns aufs Bett fallen. Bella zieht hinter ihrem Rücken eine kleine Schachtel hervor. Gespannt öffnen wir unsere verfrühten Weihnachtsgeschenke. Zuerst lesen wir die Karte, die wir uns gegenseitig geschrieben haben, dann reiße ich die Schachtel auf. Ein kleines, filigranes Armband mit einem Unendlichkeitssymbol blitzt mir entgegen. Das kann doch nicht wahr sein, ich freue mich über ihr Geschenk, aber das ist schon ein unfassbarer Zufall.

Kurze Zeit später öffnet sie ihre Tüte und fängt an zu lachen. Sie nimmt das Armband mit dem Unendlichkeitssymbol aus der Verpackung.

»Zwei Dumme, ein Gedanke. Kannst du mir dabei helfen?« Sie hält mir ihren Arm hin, damit ich es ihr anlegen kann. Bella hilft mir bei meinem auch.

»Wie witzig, dass wir dieselbe Idee hatten. Um ehrlich zu sein, habe ich überlegt, ob das Ganze vielleicht zu früh ist …«

»Nein Mia, es ist genau der richtige Zeitpunkt. Wir haben über persönliche Dinge geredet, über die ich noch nie mit jemandem gesprochen habe. Und du hast dich mir anvertraut. Das bedeutet etwas.«

Dankbar umarme ich sie. Dann richten wir das Nachtlager ein und gucken alle drei Teile von unserem Lieblings-Highschool-Film. Müde reibe ich mir die Augen. Nach ein paar weiteren sehr persönliche Themen kuscheln wir uns ins Bett und schlafen ein.

KAPITEL 5

Gelangweilt liege ich auf meinem Bett und wische durch die Profile.
Ich frage mich wirklich, wieso ich mir immer wieder eine Dating-App herunterlade. Erstens bin ich dort noch nie auf einen anständigen Jungen gestoßen und zweitens denke ich nach wie vor an Luis.
Es klingt vielleicht blöd, aber vielleicht muss ich jemand anderen kennenlernen, um nicht mehr an ihn denken zu müssen.

Tom, 24, sucht eine Beziehung, lese ich. Er sieht gut aus.
Ohne große Hoffnung auf einen Treffer wische ich nach rechts. Match!
Damit habe ich nicht gerechnet. Ohne lange zu zögern, schreibe ich ihn an.

M: Hey Tom, ich bin Mia. Wie geht es dir? Du siehst sehr sympathisch aus. Freut mich, dass wir ein Match haben.

Wenige Sekunden später bekomme ich eine Antwort von ihm.

T: Hallo Mia, freut mich dich kennenzulernen. Ich mag dieses lange hin und herschreiben nicht. Hast du Samstag Zeit? Wir können Rollschuhlaufen gehen.

Lächelnd lese ich seine Nachricht und tippe.

M: Ich finde das auch ätzend. Samstag habe ich Zeit. Treffen wir uns dann um 15:00 Uhr an der Rollschuhbahn in Dortmund?

T: Das passt mir sehr gut. Ich freue mich!

Ich lege mein Handy aufs Bett.
Meine Euphorie ist weg. Luis war mein letztes Date und er hat mich sehr verletzt.
Was, wenn Tom …
Kopfschüttelnd unterbreche ich meine Gedanken. Es wird schon gut werden.

Endlich ist Samstag.

Ich bin aufgeregt. Tom und ich haben viel geschrieben und wir verstehen uns wirklich gut, soweit man das nur vom Schreiben her beurteilen kann. Mich beschleicht insgeheim die Angst, dass er in echt ganz anders ist.
Mein Handy vibriert.

B: Hey Maus, ich wünsche dir ganz viel Spaß. Schick mir gleich ein Bild, wenn du fertig bist.

Lese ich Bellas Nachricht.
Also ziehe ich mich an, schminke mich dezent und fotografiere mich im Spiegel. Das Bild schicke ich sofort an Bella.
Lächelnd lese ich ihre Antwort.

B: Du siehst wunderschön aus! Jeder kann von Glück reden dich kennenlernen zu dürfen. Und wenn Tom das nicht so sieht, dann vergiss ihn! Bleib immer du selbst und melde dich, wenn du wieder zuhause bist.

Ich schicke ihr ein rotes Herz zurück und gehe ins Wohnzimmer.

»Schatz, du siehst sehr hübsch aus. Ich wünsche dir viel Spaß«, sagt Mama, während sie mich von oben bis unten mustert.
»Vielen Dank. Ich bin ein bisschen nervös«, gebe ich zu.
»Wieso? Du scheinst dich doch gut mit ihm zu

verstehen?« Stirnrunzelnd schaut sie mich an.
Natürlich verstehen Tom und ich uns gut, aber eben bisher nur übers Schreiben. Wie das in echt ist, kann ich noch nicht beurteilen. Aber das ist es gar nicht.
Ich habe Angst ...
Es laut auszusprechen, macht es nicht einfacher, zumal Mama dann nachfragen würde und ich bin noch nicht bereit mit ihr über alles zu reden. Ich habe Angst davor, dass ich es nicht ertragen könnte, wenn er mich auch verletzt. Seit ich viel mit Bella unternehme, fühle ich mich nicht mehr so einsam. Aber das ändert leider nichts an der Tatsache, dass ich oft ihm Bett liege und weinend an Luis denke. Ich bin momentan mental stabil. Mir geht es nicht richtig gut, aber auch nicht richtig schlecht. Natürlich würde mein Herz es überstehen, wenn Tom mich genauso verletzt, aber allein bei dem Gedanken daran zieht sich alles in mir zusammen. *Wieso gehe ich mit ihm aus? Warum habe ich nicht nein gesagt?* Dann müsste ich mir jetzt nicht so viele Gedanken machen. Aber ich möchte den Sprung wieder wagen...

»Ich hatte lange kein Date und weiß nicht, was er für ein Mensch ist.« Unsicher lächele ich meine Mutter an und gebe ihr nur die kurze Version meiner Antwort.

»Das ist ganz normal. Schreib mir, wenn irgendetwas ist, okay?« Sie berührt meine Schulter. Ihr Blick ist liebevoll. »Aber wenn du nicht gehen möchtest, dann sag ab. Das ist dein gutes Recht. Vor allem wenn dir bei dem Gedanken daran nicht wohl ist.«

»Ich denke, ich schaffe das. Ich lasse meinen Standort an. Danke, ich habe dich lieb.«
Zum Abschied gebe ich ihr einen Kuss auf die Wange. Dann schnappe ich meinen Autoschlüssel, meine Jeansjacke und laufe zum Auto.

Viel zu früh komme ich an der Rollschuhbahn an. Nervös trommele ich mit meinen Fingern auf dem Armaturenbrett. Es entsteht ein Rhythmus. Der Ton hört sich dumpf an. Ich bin so gefesselt von dieser Musik, dass ich nach einer Weile erschrocken auf mein Handy schaue. Es ist 15:00 Uhr. Langsam sollte ich mal aussteigen. Tom ist bestimmt schon da. Mit einem letzten Blick in den Spiegel prüfe ich mein Aussehen und streiche die Haare glatt. Dann steige ich aus und schaue mich um.

Tom kommt lächelnd auf mich zu. »Hallo Mia, schön dich kennenzulernen.«

»Hey Tom, das freut mich auch. Wollen wir reingehen?«

Er nickt und folgt mir in den völlig überfüllten Umkleideraum, wo wir unsere Rollschuhe anziehen. »Falls ich mich gleich ziemlich blöd anstelle…«, grinst Tom mich an, bevor er weiterspricht, »dann liegt es daran, dass ich schon sehr lange nicht mehr Rollschuh gelaufen bin. Vermutlich habe ich es verlernt«, gibt er schmunzelnd zu.

»Ich war erst letzte Woche mit meiner kleinen Cousine hier, aber ich gebe dir keine Garantie dafür, dass ich nicht hinfalle. Du bist bestimmt trotzdem richtig gut.«

Achselzuckend deutet er mit dem Finger in Richtung Rollschuhbahn. »Sollen wir?«

Ich nicke und gemeinsam laufen wir zur Bahn. Nebeneinander fahren wir los. Natürlich hat er völlig übertrieben und fährt viel besser als ich.

»Du kannst also nicht fahren«, sage ich kopfschüttelnd.

»Schätze, dann habe ich es wohl doch nicht verlernt«, meint er, während er das Tempo anzieht. Um mit ihm mithalten zu können muss ich auch schneller fahren. In einer Kurve verliere ich mein Gleichgewicht und rutsche aus. Ich greife nach dem Erstbesten was ich zu fassen bekommen. Ausgerechnet nach seinem Arm und reiße ihn

mit mir. Tom fällt neben mich. Lachend steht er auf und reicht mir seine Hand.
Mit einem entschuldigenden Blick schaue ich ihn an und rappele mich mit seiner Hilfe wieder hoch. »Danke. Tut mir leid, dass ich dich mitgerissen habe. Aber ich habe dich vorgewarnt.«
Er betrachtet mich eingehend. »Kein Problem. Du siehst sehr hübsch aus. Ich kann gar nicht glauben, dass du noch nie einen Freund hattest.«
Verlegen merke ich wie mir die Röte ins Gesicht schießt.
»Danke, aber es stimmt. Ich habe bisher noch nicht den Richtigen getroffen.«

Diese Wahrheit hat einen üblen Beigeschmack. Denn wenn ich ehrlich bin, habe ich immer gedacht, dass Luis der Richtige für mich wäre. Nachdem er meine Gefühle nicht erwidert hat, habe ich aufgehört, Ausschau zu halten und hatte auch kein Date mehr. Aber das zu erzählen, wäre vielleicht nicht unbedingt beim ersten Date angebracht.
»Was nicht ist, kann ja noch werden. Du wirst den Richtigen noch finden«, sagt er, während er mir zuzwinkert.
Schweigend fahren wir noch ein paar Bahnen. Plötzlich rutscht Tom aus.
»Ich dachte du kannst Rollschuh laufen«, necke ich ihn.
Lachend nimmt er meine ausgestreckte Hand und zieht sich daran hoch.
So langsam wird es Zeit zu gehen, weil die Bahn gleich geschlossen wird. Gemeinsam gehen wir nach draußen und verabschieden uns auf dem Parkplatz.

T: Ich fand den Tag mit dir sehr schön. Hast du Lust, am Wochenende mit mir nach Köln zu fahren?

Lese ich, als ich zuhause angekommen bin. Lächelnd antworte ich.

M: Sehr gerne

T: Das freut mich. Dann hole ich dich am Samstag um 14:00 Uhr ab. Gute Nacht und schlaf gleich gut.

M: 14:00 Uhr passt sehr gut. Du auch. Bis morgen.

KAPITEL 6

In den nächsten Tagen ist es in unserem Chat merkwürdig ruhig. Ich frage mich, ob ich etwas falsch gemacht habe, denn Tom antwortet nur kurz und knapp. Mehr als ein „Hey“ oder „Wie geht es dir“ bekomme ich nicht.
Allzu große Hoffnungen auf unser zweites Date mache ich mir nicht mehr.

T: Guten Morgen, ich freue mich schon auf unser Date heute. Ich bin um 14:00 Uhr bei dir.

Unsicher lese ich seine Nachricht.
Was war in den letzten Tagen mit ihm los? Sagt er nur gezwungenermaßen nicht ab, um mich nicht zu verletzen?
Ich schiebe meine lästigen Gedanken zur Seite und mache mich fertig.

Tom steht pünktlich vor der Haustür. Hoffentlich sieht er mir meine Unsicherheit nicht an. Wir steigen in sein Auto und fahren los. Auf dem Weg unterhalten wir uns angeregt. In Köln ist es so voll, dass wir nur mit Mühe einen Parkplatz finden. Da es draußen bitterkalt ist, ziehen wir beide unsere Jacken an. Die Jeansjacke mit Fell steht ihm unfassbar gut, sodass ich meinen Blick kaum von ihm abwenden kann.
Wir spazieren durch den Park, schauen uns die Häuser rund ums Rheinufer an und trinken einen warmen Kakao auf dem Weihnachtsmarkt.

Inzwischen ist es 18:00 Uhr und so langsam geht die Sonne unter. Tom und ich stellen uns an eine Brücke, um die beste Sicht zu haben. Zitternd stehen wir am Wasser und beobachten die vorbeiziehenden Passanten.

Ich spüre seine warme Hand auf meinem Rücken, die mich langsam zu sich zieht.
Wir schauen uns mit einem intensiven Blick an.
Ist das der Moment? Bekomme ich jetzt meinen ersten Kuss? Ich glaube, ich kann das nicht. Etwas zieht sich in mir zusammen. Nein, ich bin noch nicht bereit.
Schnell wende ich meinen Blick ab und gucke angestrengt auf das Wasser. Tom zieht mich noch enger an sich und streichelt mir mit seiner Hand über den Rücken.
Eine halbe Ewigkeit verharren wir in dieser Position, ohne dass einer von uns das Schweigen bricht. Irgendwann sind wir durchgefroren, sodass wir uns auf den Weg zum Auto machen. Beim Gehen berühren sich unsere Hände. Er zögert keine Sekunde und ergreift meine. Hand in Hand finden wir endlich das Auto und fahren zurück.

Zuhause rufe ich Bella an.

»Hey Mia, wie war dein Date?«, fragt sie neugierig.

»Ich weiß es, um ehrlich zu sein, nicht. Es war schön, wir haben am Wasser gekuschelt und Händchen gehalten, aber …«

»Du musstest an Luis denken, oder? Du hast dir vorgestellt, dass er derjenige ist, mit dem du dort stehst und kuschelst, habe ich recht?«

Woher weiß sie das denn schon wieder? Bella trifft meine Gedanken immer genau auf den Punkt.

»Ich hasse es, wenn du recht hast …« Nachdenklich runzele ich meine Stirn. »Ja, ich habe mir vorgestellt, dass es Luis ist. Ich weiß nicht, ob ich schon wieder so weit bin, mich für jemand anderen als ihn zu öffnen.«

»Ach, Süße. Tom ist doch nett, oder? Ihr seid nicht

zusammen, also lern ihn weiter kennen, und vielleicht wirst du ja überrascht.«

»Vielleicht …«

»Mia, ist er nett zu dir?«, unterbricht sie mich.

»Ja. Ich soll ihm also eine Chance geben?«

»Ja, das sollst du. Vergiss Luis. Der hat dich sowieso nicht verdient.«

»Na gut.« Gähnend reibe ich mir die Augen. »So, ich gehe jetzt mal schlafen. Gute Nacht und danke fürs Zuhören.«

»Gute Nacht und schlaf gut.«

Erschöpft falle ich ins Bett und schlafe ein.

Am nächsten Morgen wache ich mit der Erinnerung an Bellas Worte auf und schreibe Tom eine Nachricht.

M: Guten Morgen Tom. Ich hoffe du hast gut geschlafen.

T: Ja, habe ich und du?

M: Ich auch. Bist du gut angekommen?

Abwartend ziehe ich mir eine Jogginghose und meinen Lieblingspulli an.

T: Ja, ich bin sehr gut angekommen. Die Straßen waren frei. Leider habe ich in den nächsten zwei Wochen keine Zeit, weil ich auf einem Lehrgang bin. Aber ich möchte dich unbedingt danach sehen!

M: Sollen wir jetzt schon einen Termin vereinbaren oder erst, wenn du wieder zurück bist?

T: Einfacher ist es, wenn ich zurück bin. Du kannst dir schon mal überlegen, wo unser drittes Date stattfindet.

M: Das mache ich. Zwei Wochen sollten reichen, um darüber nachzudenken. So groß ist die Auswahl bei dem großartigen Wetter nicht. Magst du irgendetwas gar nicht?

T: Nein, ich bin da offen. So, ich muss mich jetzt mal fertig machen. Gleich startet die Kennenlernphase des Lehrgangs. Bis dann.

M: Viel Spaß.

Lächelnd lege ich mein Handy weg und gehe runter frühstücken.

Sechs Wochen später

Der Kontakt mit Tom war in den letzten sechs Wochen sehr oberflächlich. Ein drittes Treffen hat nie stattgefunden. Ich frage mich, was sich zwischen uns verändert hat.
Verzweifelt schreibe ich Bella eine Nachricht.

M: Tom hat in den letzten Wochen wieder kaum geschrieben. Ich weiß nicht, ob ich etwas Falsches gemacht oder gesagt habe. Vor 4 Wochen war noch alles gut und wir haben Pläne für unser nächstes Treffen geschmiedet. Keine Ahnung, wieso er jetzt so distanziert ist.

B: Mia, mach dir nicht so viele Gedanken. Du hast bestimmt nichts falsch gemacht. Hör auf, dir die Schuld zu geben. Das hast du schon bei Luis gemacht. Frag ihn einfach, wieso er so wenig schreibt.

M: Das mache ich. Danke.

Schnell wechsele ich in Toms Chat und tippe.

M: Hey Tom. Ich hoffe, dir geht es gut. Wir schreiben in letzter Zeit kaum, ist alles gut zwischen uns?

Seine Antwort macht mich sprachlos.

T: Das ist bei mir Standard, sorry.

Ist das sein Ernst?! Mehr nicht?

Fassungslos schicke ich Bella einen Screenshot.

B: Mia, das hast du echt nicht verdient! Vergiss ihn. Seine Antwort ist völlig emotionslos und hätte er sich auch einfach sparen können!

Bella hat recht. Aber wieso kullert mir dann eine Träne die Wangen runter? Ich erinnere mich an unser zweites Date und frage mich, was ich falsch gemacht habe. *Wieso ist er jetzt so abweisend zu mir?*

Die Schuld muss an mir liegen ...

Wieso sonst zeigt kein Junge ernsthaftes Interesse an mir?

Erst Luis, dann Tom...

Während den beiden Dates musste ich keine Sekunde an Luis denken. Jetzt weine ich. Es war eine blöde Idee von mir, mich wieder auf einen Jungen einzulassen.

Das habe ich jetzt davon. Ich habe Luis nicht vergessen.

Vielleicht habe ich unbewusst das richtige Kennenlernen mit Tom verhindert, weil ich immer noch Luis liebe? Egal, Tom ist nicht wichtig. Der Gedanke Luis dadurch zu vergessen war schön und gut und hat auch irgendwie funktioniert. Zumindest habe ich mir das eingebildet. Jetzt ist der Liebeskummer wieder da. Eigentlich war er nie weg, ich habe ihn lediglich verdrängt.

Weinend verkrieche ich mich unter meiner Decke, lösche die Dating-App und schlafe ein.

KAPITEL 7

Durch die anstrengende Klausurenphase hatte ich in den letzten Monaten wenig Zeit, mir Gedanken über Luis zu machen. Der Stress hat mich abgelenkt.

Luis hat eine Freundin. *Sie ist hübscher als ich.* Ich weiß nicht, warum ich mir sein Profil überhaupt anschaue. Es versetzt mir einen Stich, die beiden zu sehen. Schnell lege ich mein Handy weg.

Erschrocken schaue ich auf die Uhr. Wenn ich nicht zu spät kommen möchte, dann muss ich jetzt losfahren. Schnell schmiere ich mir ein Brot, schultere meinen Rucksack, schnappe mir meinen Autoschlüssel und laufe zum Auto.

Die Umgebung nehme ich nur so halb wahr. Meine Gedanken kreisen um ihn. Im Radio läuft ein Love Song. Wütend balle ich meine Hand zur Faust und kurbele die Lautstärke herunter. Sofort fange ich an zu weinen. Es ist jetzt ein Jahr her, seit ich keinen Kontakt mehr zu Luis habe. *Müsste ich nicht langsam über ihn hinweg sein?* Ich versuche an etwas anderes zu denken, aber das gelingt mir nur mäßig.

Ohne mir richtig bewusst zu sein, wie ich hierhergekommen bin, stehe ich auf dem Parkplatz der Uni. Mit schnellen Schritten laufe ich zum Gebäude. Jetzt heißt es wieder stark zu sein. Ich setze ein Lächeln auf und betrete den Raum. Emma begrüßt mich. Kurz unterhalten wir uns über unsere Semesterferien. Dann kommt die Dozentin und startet mit ihrer Vorlesung. Ich kann der Vorlesung kaum folgen. Am liebsten würde ich mich jetzt in meinem Bett verkriechen und weinen.

Nach 90 Minuten ist die Vorlesung vorbei. Mühsam erhebe ich mich von meinem Stuhl und verabschiede mich von Emma und den anderen. Mit einem starren Blick nach vorne und ohne auf die lachenden Menschen um mich herum zu achten, gehe ich zum Auto und fahre nach Hause.

Am Abend liege ich im Bett und weine.
Wieso liebt er mich nicht? Bin ich nicht gut genug für ihn? Bin ich hässlich? Was ist falsch an mir?
Von meinem Bett aus schaue ich in den Spiegel. Nein, ich finde mich nicht hübsch. Es gibt vieles, was ich an mir ändern möchte. Ich habe keine schöne Figur, viel zu strubbelige Haare und meine Augen sind zu klein. Mir fällt vieles ein, was mir nicht gefällt.

Luis Freundin ist hübsch, und das muss der Grund sein, warum er mich nicht will.

Zwei Wochen später

Heute habe ich ein Vorstellungsgespräch für mein Praktikum. Nervös bin ich nicht, denn ich kenne Sandra aus meinem Bundesfreiwilligendienst und freue mich, sie wiederzusehen.
Ich ziehe mich an und gehe frühstücken. Dann fahre ich los. Weit ist es nicht bis zur Schule.
Winkend kommt Sandra mir entgegen und begrüßt mich.
»Hallo Mia, schön, dich zu sehen. Komm doch erstmal mit rein.«
Lächelnd folge ich ihr durch die Pausenhalle ins Büro. Sandra hat es sich hier richtig schön und gemütlich gemacht. Sie zeigt auf einen der Stühle. Ich setze mich und

schaue sie erwartungsvoll an. »Hallo Sandra, es freut mich, dass du mich für ein Bewerbungsgespräch eingeladen hast.«

»Ach Mia, du brauchst kein Bewerbungsgespräch. Ich weiß, dass du deinen Job gut machen wirst. Das sogenannte Gespräch hier ist nur dazu da, um Fragen und Formalitäten zu klären.«

Ein wenig erleichtert atme ich auf. »Das freut mich. Wie geht es dir?«

»Ganz gut und dir? Wie gefällt es dir an der Uni?«

»Mir geht es auch ganz gut. Die Uni macht Spaß, ist aber auch sehr anstrengend.« Ich verziehe mein Gesicht. »Vor allem mit Mathe habe ich so meine Probleme.«

»Das glaube ich dir. Mathe war auch nie mein liebstes Fach in der Uni. Möchtest du die Schule mal sehen?«

»Sehr gerne.«

Sandra erhebt sich von ihrem Stuhl und bedeutet mir, ihr zu folgen. Wir starten auf dem Schulhof, der groß ist und sehr viele Spielmöglichkeiten für die Kinder bietet. Durch die Seitentür geht es nach oben zu den Klassenräumen und dem Lehrerzimmer. Im Flur treffen wir eine Kollegin. Irritiert schaut sie mich an. Bevor ich auch nur ein Wort sagen kann, antwortet Sandra auf ihren Blick. »Das ist Mia, sie macht hier bald ihr Praktikum und wird einmal die beste Grundschullehrerin.« Sie zwinkert mir zu.

Was in diesem Augenblick in mir passiert, ist unbeschreiblich. Mein Herz strahlt und ich kann nur noch lächeln.

Sandra beendet ihre Führung. »Ich freue mich, dass du dein Praktikum hier machst. Wir sehen uns bald.«

Lächelnd, wünsche ich ihr noch einen schönen Tag und gehe zum Auto. Auf dem Weg rufe ich Bella an.

»Bella, ich habe es endlich verstanden. Ich bin nicht schuld daran, dass ich keinen Freund habe oder verletzt werde. Durch Sandra weiß ich, dass ich positiv in Erinnerung bleibe und die Menschen mich genauso wertschätzen, wie ich bin. Ich muss mich für niemanden verstellen und bin, wenn ich ganz ich selbst bin, ein großartiger Mensch. Die, die das nicht so sehen, möchte ich in Zukunft nicht mehr in meinem Leben haben. Ich habe es endlich nach so langer Zeit verstanden. Luis hat mich nicht geliebt, weil es eben so war und nicht, weil ich nicht gut genug für ihn oder hässlich bin.«

Völlig außer Atem beende ich meinen Redefluss.

»Das habe ich dir die ganze Zeit gesagt. Mia, ich bin stolz auf dich«, erwidert Bella glücklich.

Wir reden noch ein bisschen und legen dann auf.

Am nächsten Morgen wache ich auf und lächele mich im Spiegel an. Dann lösche ich endlich seine Nummer.

Welche Kontakte kann ich noch löschen? Ich möchte in Zukunft niemandem mehr in meinem Leben haben, der mir nicht guttut.

Was würde passieren, wenn ich aufhören würde, als Erste Personen zu schreiben, sie nach einem Treffen zu fragen und mich zu erkundigen, wie es ihnen geht? Hätten wir dann noch Kontakt? Würden sie sich auch mal bei mir melden und zeigen, dass sie mich gernhaben? Was würde im schlimmsten Fall passieren? Dass der Kontakt abbricht? Wäre das so tragisch? Diese Personen haben mich dann eh nicht verdient. Brauche ich diese Menschen in meinem Leben?

Erschrocken stelle ich fest, dass ich viele Menschen aus meinem Leben streichen kann, auf die genau das zutrifft.

Bisher war ich immer diejenige, die viel mehr gegeben

hat als die andere Person. Ich habe mir Mühe gegeben, Kontakte aufrecht zu erhalten. *Wieso eigentlich?* In einer Freundschaft sollte man sich gegenseitig wertschätzen. Ich werde aufhören, mit Menschen zu schreiben, die meine Zeit nicht wert sind.

20 Kontakte konnte ich löschen. Traurig, aber auch befreiend.

KAPITEL 8

Ein halbes Jahr später

Weinend liege ich in meinem Bett. Ich sehe sein Gesicht genau vor mir. Er lächelt mich an. Mit einer abweisenden Handbewegung wische ich meine Gedanken zur Seite. In letzter Zeit denke ich wieder häufig an ihn. Dabei dachte ich, dass ich inzwischen über Luis hinweg bin. Ich vermisse ihn. Wir haben viel Zeit zusammen verbracht und diese kann ich leider nicht so einfach vergessen, auch wenn ich mir das sehnlichst wünsche.

Ich logge mich auf meinem Profil ein. Meine Finger tippen wie von selbst seinen Namen in die Suchleiste. Er ist öffentlich. Mein Blick fällt auf ein Bild, auf dem er lacht. Sofort schlägt mein Herz schneller. Wütend wische ich mir meine Tränen aus dem Gesicht.
Wieso kann ich ihn nicht vergessen? Wieso muss ich immer noch an ihn denken?

Es reicht ein kleiner Trigger-Moment, um heulend zusammenzubrechen. Heute war es ein Liebespaar im Fernsehen. Letztens ein Junge, der ihm ähnlichsah. Vor ein paar Wochen sein Name, der irgendwo gefallen ist.

Das ständige Weinen macht mich kaputt.

Mein Verstand sagt mir, dass ich ihn vergessen und endlich gehen lassen soll. Aber da ist etwas, das mich daran hindert und jedes Mal, wenn ich an ihn denke, zerreißt es mich ein Stückchen mehr. Mein Herz hält ihn fest und wehrt sich gegen meinen Verstand. Ich kann nichts dagegen tun.

Vom vielen Nachdenken schlafe ich ein.

Als ich am nächsten Morgen aufwache, fühle ich mich ausgelaugt. Ich habe sehr schlecht geschlafen und mich immer wieder in meinem Bett hin und her gewälzt. Mein Handy leuchtet auf. Hoffnungsvoll schaue ich nach, wer mir geschrieben hat. Enttäuscht lege ich es weg.

Was habe ich erwartet? Dass Luis plötzlich schreibt, er habe einen Fehler gemacht und liebe mich auch? Mein Herz ist blind, es hofft und wartet auf ihn. Dabei lässt es keinen Platz für jemand Neuen.
Es verschließt sich.
Ich möchte endlich frei sein und nicht mehr an ihn denken müssen.

KAPITEL 9

Nele und ich stehen vor dem Kino und warten auf den Einlass.

»Nele, kennst du diese nervige Frage. Wann hast du endlich mal einen Freund?«
Sie verzieht ihr Gesicht zu einer Grimasse. »Ich hasse diese Frage. Warum ist es bitte so wichtig einen Freund oder eine Freundin zu haben?«

»Ich weiß es nicht. Das wird von der Gesellschaft so gefordert. Total schwachsinnig. Aber ich glaube, in mir gibt es eine innere Blockade, die mich daran hindert, mich einem Jungen zu öffnen. Ich habe Angst wieder so verletzt zu werden. In meinen Vorstellungen war Luis mein Seelenverwandter, der Richtige für mich. Die Enttäuschung darüber, dass er es nicht ist, hat mich zurückgeworfen und mir meine Hoffnung geraubt.«

»Das kann ich verstehen. Ganz wichtig ist aber, dass du dir nicht die Schuld daran gibst. Er hat dich sehr verletzt, indem er deine Gefühle nicht erwidert hat. Aber das ist nicht deine schuld! Ich denke, wenn du wieder daten willst, musst du einfach ins kalte Wasser springen. Das hört sich immer einfacher an, als es ist. Ich weiß.«

»Ich weiß, dass ich nicht schuld bin. Er war nicht der Richtige für mich. Es sollte nicht sein. Ins kalte Wasser springen klingt eisig«, sage ich und grinse sie an. Nachdenklich ziehe ich meine Augenbrauen hoch. »Ich bin zwiegespalten zwischen dem Wunsch, mich wieder zu öffnen und jemanden kennenzulernen und der Angst davor, verletzt zu werden. Außerdem bin ich auch glücklich ohne einen Freund. Kennst du den Spruch „Be with someone who is perfect for you"?«

»Ja, den habe ich schon mal gelesen. Ich finde ihn bescheuert!«

»Genau und deswegen ändern wir den jetzt um in „Be someone who is perfect for you". Man braucht keinen Partner oder eine Partnerin, um glücklich zu sein. Wir sind für unser Glück selbst verantwortlich und müssen uns selbst lieben. Der Spruch heißt also: Sei der Mensch, der perfekt für dich ist. Im Umkehrschluss bedeutet das also: Sei du selbst, dann bist du perfekt«, erwidere ich.

Nele grinst mich an. »So gefällt mir der Spruch besser!«

Zusammen gehen wir in den völlig überfüllten Kinosaal. Die Luft ist drückend. Ich schaue mich um und sehe in lachende Gesichter. Wir setzen uns auf die reservierten Plätze. Der Countdown läuft auf der Kinoleinwand herunter. Dann startet die Komödie.

Nach 1 Stunde und 48 Minuten ist sie zu Ende. Amüsiert schauen wir uns die Outtakes an, die meist witziger als der gesamte Film sind. Nele und ich verlassen den Raum. Draußen atme ich erstmal tief durch. »Wie fandest du den Film?«

Sie zuckt mit den Schultern. »Ich habe schon mal bessere gesehen. Fand den ganz okay, nicht gerade überragend.«

Nickend bestätige ich ihre Ansicht.

Von den Sonnenstrahlen, die mich durch den kleinen Spalt in meinem Rollo blenden, werde ich wach. Freudestrahlend öffne ich mein Fenster, schließe meine Augen und atme den sommerlichen Duft ein. Herrlich.

Ich schaue auf mein Handy. Noch zwei Stunden, bis Nele

mich abholt. Also noch ausreichend Zeit, um mit Bruno eine große Runde spazieren zu gehen.
Zuerst muss ich überlegen, was ich gleich anziehe. Als ich meinen Kleiderschrank öffne, lächelt mich mein grasgrünes Kleid an. Heute ist der perfekte Tag, um es zu tragen. Ich ziehe es an und betrachte mich im Spiegel. Das Kleid steht mir gut und passt hervorragend zu meinem Teint.

»Bruno, komm, wir gehen spazieren.«

Das lässt sich mein Hund nicht zweimal sagen. Sofort kommt er zu mir und lässt sich anleinen. Die Luft ist warm und die Sonne strahlt im goldenen Gelb. Bruno und ich gehen durch den kleinen Wald, der an den Stadtpark angrenzt. Wir begegnen fröhlichen Menschen, die uns lächelnd grüßen. Nach einer Stunde drehen wir um und machen uns auf den Weg nach Hause.

N: Ich bin da. Kommst du raus?

Meine Handtasche liegt auf dem Bett. Schnell schmeiße ich mein Portemonnaie hinein.
Dann gehe ich nach unten, ziehe meine weißen Sneaker an und trete nach draußen.
Nele und ich begrüßen uns herzlich.
Wir laufen durch den Park, der von lachenden Kindern und dem Zwitschern der Vögel umgeben ist.

Café Farbenfroh, steht dort in einer geschwungenen Schrift.

Ich erinnere mich an mein erstes Date mit Luis und werde wehmütig. Aber ich kann diesen Ort nicht für immer meiden. Also fasse ich meinen Mut zusammen und stoße die Tür auf. Ein wildes Stimmengewirr von lachenden Menschen umgibt uns. Nele und ich betreten das kleine, einladende Café. Überall stehen gemütliche

Sofas in den verschiedensten Farben und Mustern, die zum Verweilen einladen. Das Beeindruckendste ist, dass jedes Sofa handgefertigt und absolut einzigartig ist. Mein Blick wandert durch den Raum und bleibt am knallgelben Sofa hinten in der Ecke hängen.

Was habe ich mir nur dabei gedacht? Es war eine blöde Idee, hierherzukommen. Allein der Anblick des Sofas löst Gefühle in mir aus, die ich nicht in Worte fassen kann. Erinnerungen an Luis kommen hoch. Mir wird schlecht.
Mit einem entschuldigenden Blick zu meiner Freundin deute ich in Richtung Toilette. Zum Reden fehlt mir gerade die Kraft. Nele kennt mich so gut, dass sie mich auch ohne Worte versteht und weiß, dass ich eine kleine Pause von den Menschen und den Eindrücken hier brauche. Ich schlucke meine aufkommenden Tränen herunter und laufe mit schnellen Schritten zur Toilette. Hier drin ist es still. Nur die entfernten Stimmen der anderen Besucher sind wahrzunehmen. Erleichtert atme ich aus.
Mia, reiß dich zusammen. Das ist nur ein verfluchter Ort, er hat keine Bedeutung. Du warst auch schon vor eurem Date hier. Lass dir das nicht durch deine Gefühle kaputt machen. Wie hoch ist die Wahrscheinlichkeit, dass du ihn ausgerechnet hier triffst?

Mit meinen Händen stütze ich mich am Waschbecken ab. Dann drehe ich den Wasserhahn auf und beobachte ein paar Sekunden das fließende Wasser. Das beruhigt mich. Um wieder klar denken zu können, spritze ich mir einen Schwall ins Gesicht.

Zeit, wieder rauszugehen.

Nele hat sich für das Sofa mit dem Leopardendruck entschieden. Lächelnd setze ich mich. Eigentlich mag Nele dieses Kitschige gar nicht, aber sie hat das Sofa für mich ausgesucht. Denn es steht weit entfernt von dem knallgelben Sofa.

»Danke, ich brauchte kurz einen Moment, um wieder klarzukommen. Hast du schon bestellt?«

»Ja, ich habe uns beiden einen Milchkaffee bestellt und dir einen Apfelstreusel. Ich hoffe, das war okay?«

»Absolut. Danke schön!«

Nach ein paar Minuten stellt die Kellnerin zwei dampfende Tassen und zwei Stücke Kuchen auf den kleinen Tisch vor unserem Sofa. Nickend bedanken wir uns.

Der Apfelkuchen schmeckt sehr lecker und der Kaffee betäubt meine Nerven.

Mir ist nicht nach viel Reden zu Mute. Langsam wird das Café voller und die Menschen suchen verzweifelt einen Platz. Nele und ich bezahlen und quetschen uns zum Ausgang durch.

»Hey, pass doch auf!«, mault mich eine männliche Stimme an.

Langsam neige ich meinen Kopf zur Seite, um zu sehen, wen ich angerempelt habe. Ich schaue in ein wutverzerrtes Gesicht mit haselnussbraunen Augen. Sein Blick wird weicher.

»Mia ...«

»Luis, tut mir leid«, erwidere ich erstaunlich gefasst.

»Alles gut. Es ist echt voll hier. Gehst du schon?«

»Ja, wir sind schon eine Weile hier. Bis dann.«

Ohne mich nochmal zu ihm umzudrehen, nehme ich Neles Hand und ziehe sie nach draußen. Mit schnellen Schritten laufen wir durch den Park.

»Mia, warte ...«, keucht Luis.

Erschrocken drehe ich mich um. *Wieso läuft Luis mir hinterher? Was möchte er?*

Abrupt bleibe ich stehen und gucke ihn fragend an. Luis

wischt sich mit dem Ärmel seiner Jacke den Schweiß von der Stirn.

»Mia, es tut mir leid. Alles. Das hast du nicht verdient! Ich hätte von Anfang an ehrlicher zu dir sein müssen und dir keine falschen Hoffnungen machen dürfen. Ich weiß, das kommt jetzt alles viel zu spät. Aber ich hoffe, du kannst mir verzeihen. Vielleicht können wir irgendwann wieder befreundet sein. «

»Ich kann nicht mit dir befreundet sein, das konnte ich noch nie. Aber ich verzeihe dir. Mach es gut. «

Erleichtert sieht er mich an. »Du auch.«

Nachdem er weg ist, kann ich meine Tränen nicht zurückhalten. Schluchzend vergrabe ich meinen Kopf an Neles Brust. Ich spüre ihren gleichmäßigen Herzschlag und werde augenblicklich ruhiger.

Luis hat sich entschuldigt. Ich kann es immer noch nicht glauben. Er hat es wirklich getan. Das war echt süß von ihm. Ihn zu sehen hat zwar starke Gefühle in mir ausgelöst, aber vielleicht kann ich jetzt besser mit ihm abschließen, nachdem nichts mehr zwischen uns steht.

Wie kann ich jemanden vergessen, mit dem ich nie zusammen war?

KAPITEL 10

Eine kalte Schnauze weckt mich. Bruno steht vor mir. Ich gebe ihm ein Zeichen, dass er ins Bett kommen soll. Das lässt er sich nicht zweimal sagen. Mit einem Satz springt er unter meine Decke. Kuschelnd schlafen wir beide nochmal ein.

Mein Handy vibriert. Neugierig öffne ich die Nachricht.

A: Guten Morgen Mia. Um wie viel Uhr wollen wir uns denn heute treffen?

M: Guten Morgen Annika, passt dir 14:00 Uhr?

Sie schickt mir einen Daumen hoch zurück.

Ich schlage meine Bettdecke zurück und stehe aus dem Bett auf. Es ist schon 12:00 Uhr. Bruno und ich habe lange geschlafen.

Annika und ich haben uns bisher immer nur im Rahmen einer Feier getroffen, noch nie allein. Aber wir haben uns gegenseitig unser Herz ausgeschüttet. Ich habe ihr von Luis erzählt und sie mir von ihrer Trennung mit Jan. Problematisch an der ganzen Sache ist nur, dass ich auch mit Jan befreundet bin. Ich bin ein bisschen aufgeregt.

Mit einem Blick nach draußen stelle ich fest, dass die Sonne scheint. Die Temperaturanzeige auf meinem Handy zeigt, dass es 22 °C sind. Also ziehe ich mir einen kurzen Jumpsuit an und mache mir in der Küche einen Smoothie.

Annika öffnet mir die Haustür und umarmt mich fröhlich. »Hallo Mia, ich war mir bis gerade noch nicht sicher, was ich anziehen soll. Aber jetzt, wo ich dein Outfit sehe, hast du mir die Entscheidung abgenommen. Möchtest du mit hochkommen?«

Nickend folge ich ihr.

Oben angekommen, schaue ich mir beeindruckt Annikas Fotografien an, während sie sich umzieht. Sie behauptet immer, dass sie „ganz okay“ sind. Das ist wohl leicht untertrieben. Ihre Bilder faszinieren mich. Sie lösen etwas in mir aus, dass ich nicht in Worte fassen kann.

»Komm Mia, wir können fahren«, sagt sie.

Wir steigen in mein Auto und fahren zum Straßenfest. Dort angekommen suchen wir uns ein gemütliches Plätzchen. Wir finden zwei Sonnenliegen im Sand auf denen wir uns niederlassen.

»Wie geht es Jan?« Annika guckt mich interessiert an.

Ist das jetzt ihr Ernst? Die Trennung ist erst ein paar Wochen her. *Wie soll es ihm da schon gut gehen?* Ihm geht es nicht gut, und dass ich mit seiner Exfreundin befreundet bin, macht die Situation für keinen von uns Dreien leichter. Ich bin es aber auch irgendwie selbst schuld, weil ich beiden angeboten habe, für sie da zu sein. Aber ich hätte nie erwartet, dass ich dabei so ein schlechtes Gewissen haben würde. Ich weiß nicht, ob Annika und Jan sich Gedanken darum machen, wie es mir mit der ganzen Trennungsgeschichte geht. Vermutlich nicht! Leider bin ich auch zu nett, um die Reißleine zu ziehen.

Ausweichend antworte ich. »Naja es geht so.« Schnell versuche ich das Thema zu wechseln. »Hast du momentan auch so einen Stress in der Uni?«

»Ja, ich bin nur noch am Lernen und habe etliche Abgaben, die ich erledigen muss.« Sie verdreht genervt die Augen. »Und wie sieht es bei dir aus?«

»Bei mir genauso. Ätzend«, antworte ich frustriert. Annika studiert Fotografie und ich kann mir wenig darunter vorstellen. »Wie ist dein Studium eigentlich aufgebaut?«

»In meinem Studium lerne ich alles über Bildkomposition, Bildbearbeitung und Fotodesign. Wir müssen zum Beispiel bis nächste Woche irgendetwas zum Thema Natur fotografieren. Was dann konkret auf dem Foto zu sehen ist, bleibt uns überlassen.

Fasziniert höre ich ihr zu. »Ich denke jetzt habe ich eine grobe Vorstellung. Dein Studium klingt sehr interessant.

Annika lacht. »Mir macht es auch echt Spaß.« Sie deutet mit dem Finger auf die Menschen die Salsa tanzen. »Das würde ich auch gerne können. Jan hatte nie Lust dazu mit mir einen Tanzkurs zu machen. *Wieso muss sie immer wieder Jan ins Spiel bringen?*

»Ich kann ein bisschen Salsa tanzen. Zumindest habe ich vor zwei Jahren einen Kurs gemacht. Ich denke nicht, dass ich das verlernt habe. Soll ich es dir zeigen?«

»Hier?«, ungläubig schaut sie mich an.

»Ja, wieso denn nicht? Vielleicht können die anderen noch was von mir lernen«, lache ich ironisch.

»Dann sehr gerne. Vielleicht bin ich sogar ein Naturtalent«, gibt sie lachend zurück.

»Dann steh mal auf.« Ich reiche ihr meine Hand. »Ich zeige dir ein paar Schritte.«

Lächelnd ergreift sie meine ausgestreckte Hand.

Zuerst zeige ich ihr die Grundschritte vom Salsa. Schnell hat sie den Dreh raus und wir tanzen auf dem viel zu weichen Sand. Die Menschen mustern uns amüsiert. Zugegeben, verlernt habe ich den Tanz nicht, aber besonders gut bin ich auch nicht mehr. Annika und ich tanzen einfach weiter, so als ob wir ganz allein hier wären. Die Musik, die dabei durch meine Adern fließt, macht mich glücklich und lässt mich für einen Moment alle Gedanken und Sorgen vergessen. Annikas entspannter Gesichtsausdruck lässt mich vermuten, dass es ihr ähnlich geht.

Atemlos legen wir uns wieder auf die Liegen und ruhen uns ein bisschen aus.

Nach langen Gesprächen bringe ich sie zurück nach Hause.

Zuhause angekommen, gehe ich nach oben in mein Zimmer. Ich bin geschafft.

Mein Handy vibriert in meiner Hosentasche. Neugierig fische ich es heraus und lese.

A: Ich hoffe du bist gut zuhause angekommen. Heute war ein sehr schöner Tag. Danke für die kleine Tanzlektion. Das Wetter soll in den nächsten Wochen richtig schön werden. Hast du vielleicht Lust dich mit mir zu treffen?

Schnell tippe ich.

M: Hey Annika, ja ich bin zuhause. Das fand ich auch. Ich wollte nächste Woche Samstag ein paar Freunde einladen. Magst du auch kommen?

A: Ist Jan auch eingeladen?

M: Nein, er hat, soweit ich weiß, auch schon was vor.

Außerdem haben Jan und ich im Moment etwas weniger Kontakt. Wir streiten uns ständig… Er erwartet von mir, Partei für ihn zu ergreifen, aber das kann ich nicht… Ich schätze, wenn das so weiter geht, hält unsere Freundschaft nicht. Aber damit möchte ich Annika nicht belasten.

A: Okay, dann komme ich sehr gerne. Soll ich etwas mitbringen?

M: Du könntest einen Salat machen. Wir grillen.

A: Alles klar. Ich freue mich. Gute Nacht.

Erschöpft vom Tag, gehe ich schlafen.

Am nächsten Morgen wache ich auf. Gähnend reibe ich mir den Schlafsand aus den Augen. Dann schreibe ich Annika. Sie schreibt morgen eine Klausur.

M: Guten Morgen Annika, hast du gut geschlafen?

A: Guten Morgen Mia, ja habe ich und du?

M: Auch. Bist du schon aufgeregt wegen morgen?

A: Total. Ich habe echt Angst, dass ich die Prüfung nicht bestehe.

M: Das wirst du, da bin ich mir sicher. Was ist eigentlich dein Lieblingstier?

A: Abrupter Themenwechsel, haha. Ich muss mal überlegen. Fragst du nur so, oder hat das einen Grund?

Natürlich gibt es einen Grund für meine Frage. Aber den verrate ich ihr nicht. Es soll eine Überraschung sein.

M: Einfach nur so, also?

A: Sich für ein Tier zu entscheiden ist schwierig… Aber, ich denke es ist ein Pinguin.

M: Die sind aber auch niedlich.

A: Genau deswegen mag ich sie. Ich werde jetzt noch ein bisschen lernen. Bis später.

Jetzt habe ich genug Zeit, um meinen Plan in die Tat umzusetzen. Ich stelle mich an die Staffelei, auf der noch eine weiße Leinwand steht und fange an zu malen.

Nach zwei Stunden betrachte ich mein Kunstwerk. Der

Pinguin ist mir gut gelungen. Oben drüber schreibe ich noch „Viel Erfolg“.

Am Abend schicke ich ihr das Bild und schreibe dazu.

M: Hey Annika, das soll dir Glück bringen! Schau es dir unbedingt vor morgen an. Das Original bekommst du, wenn wir uns sehen.

Lange warten muss ich nicht.

A: OMG, das Bild ist wunderschön. Wie süß bist du?!

Lächelnd antworte ich mit einem Kusssmiley.

Sie schickt mir eine Sprachnachricht in der sie weint. Nicht nur wegen mir, sondern auch, weil Jan sich gemeldet hat. Sein Timing ist wirklich perfekt. Wenn sie in meiner Nähe wohnen würde, wäre ich sofort zu ihr gefahren, um sie zu trösten. Fürs Erste muss das hier reichen.

M: Annika, es tut mir leid, dass er dir ausgerechnet einen Tag vor deiner Prüfung schreibt. Versuch nicht weiter darüber nachzudenken.

Am liebsten würde ich noch mehr sagen, aber ich kann nicht.

Seit ihrer Trennung stehe ich zwischen den beiden. Jan erwartet von mir, dass ich ihm zuhöre und ihm helfe, und Annika schüttet mir ebenfalls ihr Herz aus. Beide haben mich in ihre Trennung mit hineingezogen. Ich mache deswegen niemandem Vorwürfe, weil ich meine Hilfe angeboten habe und für beide da sein möchte. Aber ich habe nie erwartet, dass es so schwierig sein würde, neutral zu bleiben. Immer habe ich Angst das Falsche zu sagen oder einen von beiden unbewusst zu verletzen.

Das große Problem liegt darin, das wir inzwischen ein Dreieck geworden sind. Nicht nur ich erfahre Sachen über

Annika von Jan und umgekehrt, sondern auch ich bin längst Thema zwischen ihnen geworden. Das wollte ich nie!

Diese ganze Situation laugt mich innerlich aus, macht mich fertig und nimmt mich sehr mit.

Mein vibrierendes Handy unterbricht meine Gedanken.

A: Danke, dass es dich gibt!

Meine Mundwinkel zucken nach oben, als ich Annikas Nachricht erneut lese.

Vier Tage später

A: Mia, ich weiß nicht, wie ich das sagen soll. Das ist mir alles zu viel. Ich habe das Gefühl, dass ich dir nicht gerecht werden kann. Eine Freundschaft auf diesem Level möchte ich nicht führen.

Ernüchternd lese ich Annikas Nachricht.

M: Das tut mir leid. Ich habe einfach das Gefühl, dass ich immer mehr investieren muss, um gut genug für die andere Person zu sein. Das ist totaler Blödsinn. Aber viele Menschen habe mir bisher dieses Gefühl gegeben. Schätze, ich habe das auf dich projiziert.

A: Das brauchst du gar nicht! Ich mag dich genauso, wie du bist. Versuch einfach ein bisschen weniger zu geben. Du brauchst dich nicht so anzustrengen, ich verschwinde schon nicht.

M: Danke. Es tut mir leid.

Unsicher wache ich am Samstag auf. Der Kontakt mit Annika war in den letzten Tagen sehr oberflächlich. Ich habe ernsthaft in Erwägung gezogen, meine Feier abzusagen, damit ich sie nicht ausladen muss. Aber das wäre auch blöd gewesen. Außerdem kommen noch ein paar Freunde von mir, wir sind also nicht allein und müssen uns zwingend die ganze Zeit unterhalten.

»Mia, magst du mit uns frühstücken?«, ruft Papa von unten.

Zur Bestätigung knurrt mein Magen. Ich schmeiße mir meinen Bademantel über und gehe runter. Es gibt selbstgemachten Kaiserschmarrn. Genüsslich lasse ich ihn im Mund zergehen. Nach dem Frühstück räumen wir den Tisch ab. Gemeinsam bereiten wir alles für heute Abend vor. Dann lege ich mich mit meinem Buch draußen in die warme Sonne.

Die Zeit verfliegt. Erschrocken schaue ich auf die Uhr. Ich muss mich fertig machen, die Gäste kommen in einer Stunde. Mein Handy klingelt. Auf dem Display steht: Jan. *Was möchte er denn jetzt?*

»Hey, alles gut?«, melde ich mich.

»Was soll der Scheiß, Mia?«

»Wovon redest du?«

»Du lädst sie ein und mich nicht?!«

»Mein letzter Stand war, dass du schon was vorhast. Woher weißt du…?«

»Das ist doch scheißegal. Wieso?«, unterbricht er mich wütend.

»Als ich dich vor ein paar Wochen gefragt habe, meintest du, dass du keine Zeit hast. Außerdem hatten wir kaum Kontakt… Also habe ich Annika gefragt.«

Wortlos legt er auf.

Ich verstehe ihn nicht. Seit Wochen haben wir uns nicht mehr getroffen und immer, wenn wir schreiben, passt ihm irgendetwas nicht. Jan hat, als ich ihn für heute Abend eingeladen habe, gesagt, er kann nicht. Ich bin auch mit Annika befreundet! *Oder war?* Keine Ahnung.

Ich darf mir den Abend nicht von ihm verderben lassen. Bruno fängt an zu bellen, das müssen die Gäste sein. Mit schnellen Schritten laufe ich nach unten und gehe zum Gartentor.

Annika ist die Erste. Beladen mit einem Salat, ihrer Handtasche und einer Flasche Sekt steht sie vor mir. Aufgrund ihrer sehr ehrlichen Nachricht ist mir etwas unbehaglich zu Mute. Nachdem sie ihre Sachen abgestellt hat, umarme ich sie zögerlich. Nach und nach trudeln auch die anderen ein, sodass wir mit dem Grillen anfangen können.

Annika ist sehr still. Sie macht auf mich einen traurigen Eindruck. Ich sehe in ihren Augen, dass es ihr nicht gut geht und ihr Lächeln nur aufgesetzt ist. Irgendetwas ist passiert. Ich glaube nicht, dass das irgendjemand mitbekommt, aber da ich erprobt darin bin meine Gefühle zu verbergen, ist mir das sofort aufgefallen.

Wir essen in Ruhe und setzen uns danach ans Feuer.
Annika und ich habe kaum miteinander geredet. Am liebsten würde ich zu ihr gehen, aber ich weiß nicht, ob ihr das zu viel ist.
Um 2:00 Uhr brechen alle Gäste, bis auf Annika, auf. Nachdem ich mich von allen verabschiedet habe, steht sie unsicher vor mir. Traurig starrt sie auf den Boden. *Was ist los mit ihr?* Langsam mache ich mir ernsthaft Sorgen. Behutsam berühre ich sie an der Schulter. Dann nehme ich ihre Hand und ziehe sie wortlos zurück zum Feuer.

»Annika, möchtest du reden?«, frage ich vorsichtig.
Sie nickt. »Mia, meine Nachricht tut mir leid. Das war viel zu hart formuliert. Ist alles gut zwischen uns?«

Meine Frage war eigentlich anders gemeint. Jetzt weiß ich nicht, was ich sagen soll. Unsicher zucke ich mit den Schultern. Ich weiß nicht, ob alles gut zwischen uns ist. Ihre Worte haben mich verletzt. Stumm stehe ich vor ihr und starre auf den Boden.

»Mia? Es tut mir leid. Ich bin ein Mensch der viel Freiraum braucht und dieser enge Kontakt war mir zu viel. Aber das heißt nicht, dass ich dich verlieren möchte, okay?« Annika schaut mich an und zwingt sich zu einem Lächeln.

»Alles klar. Ich habe dich verstanden. Erzählst du mir jetzt, was los ist?«

Irritiert sieht sie mich an. »Was meinst du?«

»Du setzt schon den ganzen Abend ein Lächeln auf. Was ist los?«

Annika guckt ertappt. »Das hast du gemerkt?«

»Ja, aber ich glaube, das ist niemandem sonst aufgefallen. Also?«

»Es ist wegen Jan. Wir haben vorhin noch geschrieben. Er weiß, dass ich heute hier bin, und hat mit Absicht unsere gemeinsamen Freunde eingeladen.«

»Also hast du ihm erzählt, dass ich dich eingeladen habe?«

»Ähm ja. Schon vor ein paar Tagen. Hätte ich das besser nicht tun sollen?«

»Nein. Jan ist momentan eh nicht gut auf mich zu sprechen. Das hat das Fass zum Überlaufen gebracht.«

Annika schaut mich entschuldigend an. »Das tut mir sehr leid.«

»Egal, das ist eine Sache zwischen ihm und mir. Jan veranstaltet heute also seine eigene Feier?«

»Ja, das ist doch alles scheiße! Er will unsere gemeinsamen Freunde auf seine Seite ziehen. Ich wusste nicht, dass ich mit der Trennung so viel mehr verlieren würde.«

Ihr Lächeln gleitet aus dem Gesicht. Verzweiflung und Traurigkeit legen sich in ihren Blick. Unsicher stehe ich vor ihr und weiß nicht, ob ich sie umarmen sollen. Also rücke ich ein bisschen näher an sie heran. Da sie keine Anstalten macht, den Abstand wieder zu vergrößern, umschließe ich sie mit meinen Armen. Schluchzend legt sie ihren Kopf auf meine Schulter und hält mich fest.

»Danke«, sagt sie mit erstickter Stimme.

Lange halten wir uns in den Armen.

KAPITEL 11

»Mama, wo ist das Kunstfell, das wir gestern gekauft haben?«, rufe ich nach unten.

»Das liegt auf der Kommode im Wohnzimmer.«

Eilig laufe ich die Treppen herunter und schnappe mir das Fell. Wieder oben überlege ich, wo es einen guten Platz findet. Ich entscheide mich dafür es in die leere Ecke an der Wand zu legen. Darauf positioniere ich meinen kleinen, gemütlichen Sessel. Dann gehe ich ein Stück zurück und betrachte die Ecke eingehend.

Sieht sehr einladend aus, stelle ich fest. Lächelnd hole ich das Gästebettzeug und lege es auf mein Bett.

Es klingelt.

Schnell renne ich nach unten und öffne die Tür. Annika umarmt mich.

Gemeinsam schnappen wir uns Bruno und gehen spazieren. Da sie Hunde liebt, aber keinen eigenen hat, darf sie die Leine halten. Die Luft ist angenehm kühl. Auf meiner Haut macht sich eine leichte Gänsehaut breit. Wir unterhalten uns über die Uni, unser Leben und den Urlaub.

»Mia, lass uns ein Foto zusammen machen«, schlägt Annika vor.

Ich ziehe mein Handy aus der Hosentasche. Wir stellen uns in Position und schießen ein Selfie. Unser erstes gemeinsames Bild sieht sehr schön aus.

Nach einer Weile gehen wir zurück und setzen uns auf die Terrasse. Ich hole uns ein Eis.

»Gibt es etwas Neues bezüglich Jungs?«, fragt sie mich.

Kopfschüttelnd erwidere ich, dass ich noch nicht bereit für ein Date bin und sonst auch niemanden kennenlernen möchte.

»Du wirst irgendwann wieder bereit sein. Irgendwann kommt der Richtige für uns beide.«

Wir kuscheln uns ins Bett und quatschen noch lange. Dann fallen uns die Augen zu.

»Guten Morgen, Annika.«

Gähnend wünscht sie mir auch einen guten Morgen. Wir ziehen uns um und frühstücken. Dann fährt sie zurück nach Hause.

A: Das war ein sehr schönes Treffen, lese ich.

Lächelnd räume ich alles wieder auf und gehe mit Bruno spazieren.

Vier Wochen später

Annika und ich haben nach unserer Verabredung kaum miteinander gesprochen. Seit einer Woche ignoriert sie mich. *Was habe ich ihr getan? Wieso antwortet sie nicht?* Sie ist online. *Schreib bitte!*

A: Hey, tut mir leid, dass ich mich so lange nicht bei dir gemeldet habe. Aber ich musste nachdenken. Außerdem wusste ich nicht, wie ich es dir sagen soll. Ich kann diese Freundschaft so nicht weiterführen. Diese ganze Situation überfordert mich. Du überforderst mich. Mir ist das zwischen uns einfach zu eng.

Ich habe mir in der letzten Woche echt Gedanken darüber gemacht, was ich Schlimmes getan habe. Hier habe ich meine Antwort. Verletzt lese ich ihre Nachricht und fange an zu tippen.

M: Annika, ich finde es echt blöd von dir, dich mit so einer Nachricht nach einer Woche zu melden. Ganz ehrlich, ich verstehe dich nicht. Ich habe dich nach unserem letzten Gespräch nicht eingeengt, habe weniger geschrieben und mich zurückgehalten. Bei dir habe ich das Gefühl, dass ich mal gut genug für dich bin und mal nicht. Aber nur, wenn du mich brauchst! Ich fühle mich wie ein Fußabtreter, der jetzt einfach kein Nutzen mehr für dich hat! Diese Freundschaft zwischen uns ist einseitig und ich finde es unfair von dir, die Fehler nur bei mir zu suchen. Schätze, ich habe mich in dir getäuscht.

A: Mia, du bist ein lieber Mensch und ich möchte dich nicht verletzen. Aber mir tut unsere Freundschaft nicht gut.

M: Wieso nicht?

A: Jan, du und ich, das ist anstrengend und macht mich kaputt.

M: Glaubst du ernsthaft, dass es mir damit besser geht?

A: Keine Ahnung. Es macht den Anschein, ja.

M: Ach wirklich? Wieso denkst du das?

A: Ich weiß nicht. Du versuchst mir immer zu helfen und für mich da zu sein. Du fragst ständig, wie es mir geht.

M: Was ist falsch daran? Du bist mir halt wichtig! Jedes Mal, wenn wir über ihn sprechen, habe ich ein schlechtes Gewissen. Mich macht diese Dreieckssituation auch kaputt …

A: Wieso hast du nie was gesagt? Ich hatte immer das Gefühl, das Thema belastet dich nicht.

M: Ich wollte für euch beide da sein, weil ihr mir wichtig seid. Das wäre doch scheiße von mir gewesen, wenn ich gesagt hätte „such dir jemand anderen, mit dem du darüber reden kannst“.

A: Ich hätte es verstanden. Aber wenn dich das Ganze auch so belastet, tut uns ein bisschen Abstand vielleicht sehr gut. Irgendwann können wir von vorne anfangen.

M: Wenn du meinst. Erwarte aber nicht, dass ich mich bei dir zuerst melde.

Ich erhalte darauf keine Antwort. Also gehen wir auf Abstand.

Jetzt kann ich meine Tränen nicht mehr zurückhalten. Weinend vergrabe ich meinen Kopf in der Bettdecke. Meine Gefühle sind widersprüchlich. Einerseits bin ich verletzt und traurig und andererseits bin ich wütend auf sie. Aber ich vermisse Annika. Wir waren eine kurze Zeit lang gut befreundet. Wenn sie das jetzt nicht mehr möchte, dann ist das so.

Ich war ihr wohl nie besonders wichtig.

KAPITEL 12

E: Mareike hat mir geschrieben, dass sie inzwischen andere Freunde und keine Zeit hat.

Wütend lese ich Emmas Nachricht und antworte.

M: Ganz ehrlich, niemand hat Zeit! Es gibt einen deutlichen Unterschied zwischen „Ich habe keine Zeit“ und „Ich nehme mir die Zeit“ Wir alle haben Termine, müssen arbeiten, lernen und wollen unseren Hobbys nachgehen. In unserer Freizeit würden wir immer etwas finden, womit wir uns beschäftigen könnten. Niemand hat Zeit. Es ist eine Frage der Priorität. Wenn mir eine Person wichtig ist, dann nehme ich mir unabhängig von meinen Terminen die Zeit. Tut mir leid, aber das musste jetzt mal raus. Ich reagiere allergisch auf diesen Spruch, weil ihn mir gegenüber schon sehr viele Menschen geäußert haben. Wenn du ihr wichtig bist, dann wird sie sich Zeit für dich nehmen! Emma, mach nicht denselben Fehler wie ich und frage immer wieder nach einem Treffen, bis sie vielleicht mal zustimmt. Das wäre dann nicht echt. Vergiss sie, wenn sie mit „Ich habe keine Zeit“ reagiert. Dann ist sie deine Zeit auch nicht wert.

E: Du hast recht. Ich glaube ich bin ihr gar nicht wichtig. Besser, das jetzt zu erkennen, als wenn es schon zu spät ist. Danke, Mia. Du hast mir die Augen geöffnet.

M: Du brauchst sie nicht! Ich werde immer für dich da sein.

Ihre Antwort ist ein rotes Herz.

Ich lege mein Handy zur Seite und gehe runter.

»Das Wetter sieht richtig schlecht aus«, stelle ich mit einem Blick nach draußen fest.

»Dann wird das heute wohl nichts mit einem ausgiebigen Spaziergang«, meint Mama.
Papa und ich schütteln gleichzeitig den Kopf.

Nach dem Frühstück schnappe ich mir meinen Hund, um zumindest eine kleine Runde mit ihm zu gehen. Als ich mit seiner Leine zu ihm gehe, schaut er mich so an, als wolle er sagen „Das ist nicht dein Ernst, oder? Wir gehen jetzt nicht ernsthaft bei dem Wetter raus?!"

Der Wind pfeift und meine Haare fliegen durcheinander. So langsam wird es Winter. Ich freue mich schon auf Weihnachten: Plätzchen backen, über den Weihnachtsmarkt schlendern und kitschige Weihnachtsfilme mit Nele zu gucken. Und das ganz ohne Partner und das ist vollkommen okay für mich. Ich fühle mich diesmal nicht einsam, denn ich habe meine Freunde und meine Familie und reiche mir selbst aus.
Der Traum Silvester einen Kuss zu bekommen, wird sich wohl auch in diesem Jahr nicht erfüllen, aber auch das ist in Ordnung. Vielleicht dann einfach im nächsten Jahr.
Ich schaue mich um und frage mich, ob es dieses Jahr wohl schneien wird. Vermutlich wieder nicht.

»Bruno, komm wir gehen zurück«, rufe ich.
Am Tor angekommen, lasse ich ihn laufen.
Bei dem bescheidenen Wetter mache ich mir einen Filmtag mit meinen Eltern.

Mein Wecker klingelt. Erschrocken fahre ich hoch. Mein Blick fällt sofort auf mein Handy, das auf dem Nachttisch liegt. Es leuchtet auf.

C: Mia, wir sind zu verschieden. Das funktioniert für mich nicht mehr. Ich habe schon seit längerem kein Interesse mehr daran, mit dir befreundet zu sein. Eigentlich wollte ich das Ganze einfach auslaufen lassen, aber wir kennen uns schon so lange... Jedenfalls kann ich so nicht weitermachen. Wir haben uns beide verändert.

Wütend lese ich Claras Nachricht. *Meint sie das ernst?* Ich dachte, ich kenne sie. Immerhin sind wir schon sehr lange befreundet.

M: Wieso haben wir uns dann letztens getroffen?

Ihre Antwort läuft mir eiskalt den Rücken runter.

C: Ich dachte es ist vielleicht so wie früher und könnte ganz cool werden. Wollte einfach sehen, ob es noch passt. Aber, das tut es nicht. Es ist anders als mit meinen anderen Freunden. Mia, ich brauche Abstand von dir. Aber lass uns im Positiven auseinandergehen, okay?

Soll sie sich doch einen friedlichen Abschluss denken. In ihren Augen bin ich ohnehin alles Schuld. Sie ist kein Teil mehr meines Lebens. Wütend schlucke ich meine aufkommenden Tränen herunter. Ich habe mich in ihr getäuscht.

Da denkst du, du kennst eine Person und dann stellt sich heraus, dass du es nicht tust.

Traurig schreibe ich Emma, was passiert ist.
Lange lässt ihre Antwort nicht auf sich warten.

E: Ich kann nicht verstehen, wieso du so behandelt wirst. Das macht mich echt wütend!

M: Sie war nicht die Erste, die mich so behandelt hat. Irgendwie muss es doch an mir liegen. Was habe ich denn getan?

E: Du hast gar nichts getan. Sie passen nicht zu dir! Mia, du hast jetzt eine schmerzhafte Phase hinter dir, aber du schaffst das! Weißt du, warum dir das jetzt alles passiert?

M: Nein.

E: Weil du angefangen hast, für dich selbst einzustehen und dir nicht mehr alles gefallen zu lassen. Du weißt, was du willst, und diese Menschen sind es nicht. Du hast dieses Jahr so viel an Selbstliebe gewonnen und wenn sie damit nicht klarkommen, dann lass sie gehen. Ich glaube, jetzt sind alle weg, die nicht für dich bestimmt sind! So wie du dich selbst reflektierst, ist der richtige Weg. Und alle, die dem entgegenstehen, die brauchst du nicht! Der Weg von ihnen war beschissen, aber das ist nicht deine schuld!

Lächelnd lese ich ihre Nachricht.

Sie hat recht, ich brauche diese Menschen nicht in meinem Leben! Sie sind es nicht wert! Ich bin ich und wem das nicht gefällt, der kann gehen!

KAPITEL 13

»Was siehst du?« Ich stelle Nele genau dieselbe Frage, die ich mir vor ein paar Wochen auch gestellt habe.
Sie schaut irritiert in den Spiegel und dann fragend zu mir.

»Was siehst du, wenn du in den Spiegel guckst?«
Nachdenklich starrt sie in das Glas. »Ich sehe mich.«

»Beschreib mir genau, was du siehst«, fordere ich Nele auf.

»Ich sehe eine kleine junge Frau. Sie ist ein bisschen zu dick und trägt ihre Haare zu einem lockeren Pferdeschwanz.«

»Ist das schon alles?«

»Diese junge Frau ist unscheinbar. Ihre Haut ist zu blass und ihre Nase zu klein…«

»Das reicht. Fällt dir etwas auf?«, unterbreche ich sie energisch.
Fragend guckt Nele mich an.

»Du hast nur äußerliche Sachen aufgezählt und Dinge, die dir an dir nicht gefallen. Wieso?«

»Du hast mich doch gefragt, was ich sehe. Und genau das sehe ich«, erwidert sie trotzig.

»Das kann ich nachvollziehen. Als ich vor einem Jahr in den Spiegel geschaut habe, habe ich alles gesehen, was mir an mir nicht gefällt. Aber das Wesentliche, also das, worauf es ankommt, konnte ich nicht erkennen. Machen wir mal ein kleines Gedankenexperiment. Stell dir vor, eine fremde Person fragt deine Familie, ob sie dich beschreiben kann. Was meinst du, würde sie antworten?«
Nele überlegt kurz und antwortet. »Sie würden vor

allem meinen Charakter beschreiben. Ich denke, ich habe verstanden, worauf du hinauswillst.«

Lächelnd sage ich. »Genau. Du kannst das, was dich ausmacht und zu einem großartigen Menschen macht, nicht im Spiegel sehen. Das kann niemand. Denn das Wesentliche ist für das Auge nicht sichtbar. Deinen Charakter siehst du im Spiegel nicht und den kann auch niemand sehen, der dich nicht kennt. Das Aussehen macht dich nicht aus.« Ich betrachte mich selbst im Spiegel. »Mein Fehler war immer der, dass ich blind war mich selbst zu sehen. Mein inneres Ich.«

»So habe ich das noch nie gesehen, aber du hast vollkommen recht. Wenn ich das nächste Mal in den Spiegel schaue, denke ich daran, dass ich das, was mich zu einem großartigen Menschen macht, nicht sehen kann. Danke, Mia. Ich habe es verstanden.«

Wir verabschieden uns voneinander.

Mein Handy brummt in meiner Hosentasche. Neugierig fische ich es heraus und lese.

B: Hey Mia. Wir haben lange nicht gesprochen und das mit Clara und Annika ist noch nicht so lange her. Wie geht es dir damit? Ich bin aus dem Urlaub zurück und wenn du magst, können wir uns morgen treffen und reden.

M: Hey Bella. Das Angebot nehme ich sehr gerne an. Ich weiß nicht so ganz, wie es mir geht. Einerseits bin ich immer noch sehr enttäuscht, aber andererseits weiß ich, dass es einfach nicht sein soll. Passt das, wenn ich um 11:00 Uhr bei dir bin?

B: Das passt sehr gut. Ich verstehe, dass du zwiegespalten bist. Wir reden morgen.

Am nächsten Morgen wache ich auf, frühstücke und ziehe mich an. Dann mache ich mich auf den Weg zu Bella.

M: Ich bin da.

Die Haustür öffnet sich und eine sonnengebräunte Bella strahlt mich an.

»Ich habe dich vermisst«, sagt sie, während sie mich in eine feste Umarmung zieht.

Das fühlt sich richtig gut an. Geborgen. Ich habe sie auch sehr vermisst.

Gemeinsam setzen wir uns in ihr Zimmer aufs Bett. Diese Situation erinnert mich ein bisschen an den Tag an dem unsere Freundschaft enger wurde.

»Also Mia, erzähl mir von Annika und Clara.« Sie drückt mir ermutigend die Hand.

»Zu Clara gibt es eigentlich nicht so viel zu erzählen. Wir hatten schon mal keinen Kontakt, und ich denke, es war ein Fehler von mir, ihr damals überhaupt noch eine Chance zu geben. Aber sie hat unsere Freundschaft von jetzt auf gleich einfach so weggeworfen. Sie wollte einen positiven Abschluss, dass ich nicht lache. Das Ganze hat auch nur mich verletzt...«

»Bist du noch traurig deswegen?«, fragt sie mich vorsichtig.

Ich schüttele den Kopf und hole tief Luft. »Aber die ganze Situation mit Annika hat mir echt zu schaffen gemacht. Sie hat mich zutiefst verletzt, indem sie mich von jetzt auf gleich fallen gelassen hat. Erst nutzt sie mich wegen ihrer Trennung mit Jan aus, wobei ich wohlbemerkt noch gut genug für sie war und dann bin ich ihr plötzlich zu viel. Wie soll ich das denn bitte merken?« Meine Stimme bricht. Eine Träne rinnt mir die Wange herunter.

»Mia, dir geht es nicht gut, oder?«

»Nein...«, bringe ich mit erstickter Stimme hervor.

»Komm her.« Bella breitet ihre Arme aus. Weinend rücke

ich näher an sie heran. Schluchzend lege ich meinen Kopf auf ihre Schulter. So verharren wir ein paar Minuten.

»Sorry, dein T-Shirt ist jetzt ganz nass.« Ich hebe meinen Kopf und schaue meine beste Freundin an.

Sie zuckt mit den Schultern. »Mia, geht es dir jetzt ein bisschen besser?«

Nickend zwinge ich mich zu einem Lächeln.

»Sollen wir eine Runde spazieren gehen?« Fragend schaut sie mich an. »Ein bisschen frische Luft wird dir bestimmt gut tun.«

»Sehr gerne. Danke. Ja, ich muss mal wieder durchatmen.«

Draußen ist es warm, aber nicht schwül. Ein leichter Wind weht. Bellas Umarmung hatte eine beruhigende Wirkung auf mich.

»Ich habe mir letztens mal Gedanken darüber gemacht, wieso Menschen in mein Leben kommen, die mich verletzen und habe eine Engeltheorie entwickelt.« Erwartungsvoll schaut sie mich an.

»Es gibt verschiedene Arten von Engeln. Sie haben alle eine unterschiedliche Bedeutung und Funktion. Die wichtigsten Engel sind die Seelenengel. Sie sind ein Leben lang an deiner Seite und berühren deine Seele. Seelenengel sind immer für dich da und stehen hinter dir. Wer fällt dir hier ein?«

»Meine Familie, Freunde und natürlich du«, sagt sie lächelnd. »Welche Engel gibt es noch?«, fragt sie neugierig.

»Die zweite Art sind die Auftragsengel. Sie haben einen Auftrag und wenn der erfüllt ist, breiten sie ihre Flügel aus und fliegen davon, weil du sie nicht mehr brauchst«, fahre ich fort.

»Meinst du Clara war so ein Auftragsengel?«

Ich schüttele energisch den Kopf. »Nein, sie war mein Kindheitsengel. Denn sie war meine gesamte Schulzeit über an meiner Seite. Kindheitsengel sind Personen, die in deiner Kindheit und Jugend für dich da sind. Aber wenn man erwachsen wird, muss man sich trennen, um sich unabhängig voneinander entwickeln zu können.«

»Das ergibt Sinn, aber leider tut es deswegen nicht weniger weh, oder?«

Traurig gucke ich sie an. »Nein…« Schnell erzähle ich weiter, um mich gar nicht erst wieder davon runterziehen zu lassen. »Die Prägungsengel sind mir erst in meinem Praktikum und Bundesfreiwilligendienst bewusst geworden. Viele Menschen haben mich dort geprägt, indem sie mich als Person und meine Arbeit wertgeschätzt haben.«

»Dein Bundesfreiwilligendienst war bedeutend für dich, oder?«

»Ja, es war eine unglaubliche Erfahrung. Es war mein Lichtblick. Durch all die großartigen Menschen dort konnte ich meine Ängste und Zweifel für einen Moment vergessen und einfach nur ich selbst sein. Es war eine Welt, in die ich abtauchen konnte, ohne dabei an Luis zu denken. Dort habe ich mich frei gefühlt. Ich habe mehr Selbstvertrauen gewonnen und mich persönlich weiterentwickelt. Vor allem weiß ich durch das Bundesfreiwilligenjahr, was mein Traumberuf ist.«

»Okay, dann war es ja untertrieben zu sagen, er wäre nur bedeutend für dich. Er hat dich geprägt«, stellt sie mit einem Lächeln fest.

»Definitiv.« Nachdenklich schließe ich die Augen, bevor ich weiterspreche. »Eine Art von Engeln habe ich noch vergessen. Jeder kennt den Begriff Schutzengel. Aber hast du dir schon mal überlegt welche Bedeutung er hat?«

Fragend gucke ich Bella an.

»Nein, nicht direkt. Erklärst du sie mir?«

»Ich habe mir immer überlegt, welche Bedeutung er für mich hat und bin zu dem Entschluss gekommen, dass ich mein eigener Schutzengel bin. Er wohnt in mir und beschützt mich. Und wenn er vergisst, wie man fliegt, dann kann nur ich ihn daran erinnern. Du selbst bist dafür verantwortlich, deinem Schutzengel den richtigen Weg zu zeigen. Er ist immer für dich da, beschützt dich und bleibt dir treu.«

»Interessante Sichtweise, so habe ich noch nie über Menschen nachgedacht. Es ist ein sehr schöner Gedanke. Aber, welche Bedeutung hat deine Engeltheorie?«

»Jeder Mensch, den Gott in unser Leben schickt hat einen Grund. Es hat auch einen Grund, wenn wir verletzt werden, denn wir lernen daraus. Wir lernen aufmerksamer zu sein, nicht mehr alles zu glauben, was uns gesagt wird, Sachen zu hinterfragen und werden stärker. Am Anfang tut es sehr weh und wir haben nur diesen Schmerz vor Augen. Aber nach einer gewissen Zeit merken wir, dass der Schmerz einen Sinn hat. Zugegeben, sehe ich bei Annika hauptsächlich den Schmerz. Rational betrachtet weiß ich aber aus bisherigen Erfahrungen, dass ich daraus stärker hervorgehe. Es ist halt nicht jeder Mensch dafür bestimmt den Lebensweg mit mir zu bestreiten. Ich wurde von Menschen enttäuscht, von denen ich dachte, sie bleiben ein Leben lang an meiner Seite. Aber es sollte wohl einfach nicht sein.« Ich schaue dankbar in den Himmel. »Ich habe meine Lektion gelernt.«

»Unfassbar wie du den Menschen, die dich verletzt haben, indirekt dankst. Das ist stark. Ich finde deine Sichtweise echt bewundernswert! Aber ich stimme dir zu und glaube auch, dass jeder Mensch, den wir kennenlernen nicht umsonst in unser Leben tritt. Das Schöne ist, dass es zwar welche gibt, die einen eine Lektion lehren, indem sie einen verletzen, uns aber wiederum andere all das Negative vergessen lassen. Und diese wertvollen Menschen machen diesen Schmerz erträglicher.« Bella lächelt mich an. »Genau so ein besonderer Mensch bist du für mich!«

»Du auch. Keine Ahnung, was ich ohne dich machen soll. Ich habe dich lieb.«

»Und ich dich erst.«

Wir umarmen uns. Trotz der Umstände bin ich glücklich.

KAPITEL 14

Nervös schaue ich in den Spiegel. Heute habe ich nach so langer Zeit endlich mal wieder ein Date. Das letzte liegt inzwischen fast zwei Jahre zurück. Endlich traue ich mich, ins kalte Wasser zu springen und den Schritt zu wagen.

Mein Handy leuchtet auf.

F: Ich freue mich schon. Bis gleich.

Erleichtert lese ich Finns Nachricht. Er hat also nicht vor unser Date in letzter Minute abzusagen.

M: Ich mich auch. Treffen wir uns auf dem Parkplatz?

F: Ja, dann finden wir uns auch.

Ich streiche meine Stoffhose glatt, überprüfe mit einem letzten Blick mein Outfit und fahre zum Treffpunkt. Am Minigolfplatz angekommen, warte ich.

Mein Herz setzt für einen Moment aus, als er aussteigt. Ein sonnengebräunter, gutaussehender junger Mann kommt mit einem breiten Grinsen auf mich zu. Lässig hängt er seine Collegejacke über die Schulter. Er streicht sich eine Haarsträhne aus dem Gesicht. Ich liebe sein Haar: blonde mittellange Locken, die bei jedem Schritt mitschwingen. Der Anblick raubt mir den Atem. Finn ist verdammt hübsch.

»Hey Mia, du siehst sehr hübsch aus. Schön, dich endlich mal zu sehen«, sagt er mit seinem umwerfenden Lächeln und den blitzend weißen Zähnen.

»Hallo Finn, du siehst wirklich gut aus. Sollen wir?« Ich deute in Richtung der Anlage.

Zusammen schlendern wir zum Schalter, wo wir uns Schläger und Bälle ausleihen. Ich nehme einen grünen und er, passend zu seinen saphirfarbenen Augen, einen blauen Schläger.
Finn lächelt mich von der Seite an. »Möchtest du anfangen? Ich lasse dir den Vortritt.«

Verdammt heiß, ein Gentleman und sympathisch…

Nickend stelle ich mich an den Startpunkt. Nach drei Schlägen gelingt es mir, den Ball im Loch zu platzieren. Er braucht für dieselbe Bahn nur zwei Schläge. Auch auf den restlichen Bahnen ist er viel besser als ich. Wir unterhalten uns ununterbrochen über alles, was uns interessiert. Nach dem Spiel schlagen wir uns ab. Dabei hält er meine Hand für einen kurzen Moment fest. Seine warmen Finger umschließen meine. Es fühlt sich gut an. Lächelnd laufen wir zurück zum Auto. Nach einer langen Umarmung verabschieden wir uns.

»Mia, das war ein sehr schönes Date. Ich möchte dich unbedingt wiedersehen.«

»Dem habe ich nichts mehr hinzuzufügen«, erwidere ich grinsend.

»Kannst du morgen? Wir können ein Eis essen gehen, vielleicht so um sechzehn Uhr?«

»Sehr gerne, wir schreiben?«

Finn schaut mich an, gibt mir einen Kuss auf die Wange und flüstert mir ins Ohr. »Wir schreiben. Bis morgen. Ich freue mich, Mia.«
Eine Gänsehaut breitet sich über meinen ganzen Körper aus. Seine Stimme, seine Art, alles fasziniert an ihm mich. Ich weiß nicht, wohin das mit uns führt, aber ich habe den Sprung ins kalte Wasser gewagt und mich endlich wieder getraut, mich jemandem zu öffnen.

KAPITEL 15

Heute ist Silvester.
Diesen besonderen Tag verbringe ich mit meinen wahren Freunden. Sie kommen später alle zu mir.
Wir werden ein Lagerfeuer machen und an eine kleine Tradition anknüpfen. Alles ist vorbereitet.

Am Abend trudeln alle ein. Ich begrüße sie mit einer Umarmung und drücke jedem von ihnen ein paar weiße Zettel und einen Stift in die Hand. Wir setzen uns an einen Tisch und fangen an zu schreiben.
Nachdenklich kaue ich auf dem Deckel des Kugelschreibers.
Was möchte ich nicht mit ins neue Jahr nehmen?
In Großbuchstaben schreibe ich auf einen der Zettel *LUIS.*
Auf einen weiteren *CLARA.*
Schnell fallen mir noch mehr Sachen ein.
SELBSTZWEIFEL
ANNIKA
Zögernd lese ich den letzten Zettel. Mein Gefühl sagt mir, dass es noch nicht mit uns vorbei ist. Ich kann sie nicht aus meinem Leben streichen, weil ich noch nicht mit ihr abgeschlossen habe. Schnell lasse ich das Papier mit ihrem Namen in meiner Hosentasche verschwinden und schmeiße die restlichen in den dafür vorgesehenen Behälter.
Nachdem alle Zettel in der Dose sind, gehen wir damit zum Lagerfeuer. Ich entleere die Dose über dem Feuer. Das Papier geht in Flammen auf und Rauchschwaden ziehen sich durch die Luft. Es fühlt sich sehr befreiend an.

»Da wir nicht nur an das Negative denken wollen, habe ich mir überlegt, dass jeder auf ein DIN-A4-Blatt, das schreibt, worauf er in diesem Jahr besonders stolz ist.«
Meinen Freunden gefällt die Idee, sodass ich Nele bitte die Blätter zu verteilen. Danach sucht sich jeder einen ruhigen Platz.
Ich setze mich an meinen Lieblingsplatz in unserem Garten. Es ist die gemütliche, kirschrote Liege auf der Terrasse.

Kurz überlege ich, dann fließen die Worte aus mir heraus. Ohne den Brief zu lesen, falte ich ihn zusammen und stecke ihn in einen Umschlag. Ich werde ihn im neuen Jahr öffnen und mir dadurch ins Bewusstsein rufen, wie stark ich bin und was ich alles geschafft habe.

»Mia, wo bist du?«, ruft Finn.

»Hier, ich bin auf der Terrasse.«

Er kommt zu mir und strahlt mich an.

»Wieso bist du so glücklich?«

»In 60 Sekunden ist Silvester und ich darf das neue Jahr mit dem schönsten und großartigsten Mädchen, das noch dazu meine Freundin ist, starten.«

Mein Freund ist so unglaublich süß. Finn und ich sind jetzt seit fünf Monaten zusammen und besser könnte es gar nicht laufen.

»Ich bin auch sehr glücklich.«

Finn schaut mich mit einem intensiven Blick an. Gemeinsam zählen wir.

»10, 9, 8, 7, 6, 5, 4, 3, 2, 1 …« Er umfasst mein Kinn mit seinen warmen Händen und zieht mich zu sich heran. Dann küsst er mich. »Ich liebe dich, Mia«, flüstert er mir ins Ohr.

»Ich dich auch Finn«, antworte ich.

Lächelnd sieht er mich an, bevor seine Lippen meine erneut

berühren. Es ist ein langer und intensiver Kuss, der alles ausdrückt, was er für mich empfindet.

»Frohes neues Jahr, Finn.»

»Das wünsche ich dir auch mein Schatz.«

Ich schaue in den Himmel. »Danke für alles. Ohne dich hätte ich das nicht geschafft.«

KAPITEL 16

Ich bin da., lese ich Neles Nachricht.

Schnell ziehe ich Schuhe und Jacke an und gehe raus.
Beim Einsteigen begrüße ich sie.
Wir fahren heute zu einem Fotografie-Wettbewerb. Keiner von uns ist besonders begabt darin, Fotos zu machen. Ab und zu versuchen wir, mit unseren Handys einen schönen Moment festzuhalten. Das Endergebnis ist okay, nichts Herausragendes. Aber uns fasziniert die Fotografie. Das Gefühl, das ein Bild in einem auslösen kann. Die Geschichte, die es ohne Worte erzählt. Ich war im Gegensatz zu Nele auch noch nie bei einem Fotografie-Wettbewerb. Also bin ich echt gespannt, was mich dort erwartet.

»Es wird eine Jury geben, die den Gewinner oder die Gewinnerin kürt. Und wir dürfen auch mit abstimmen«, erklärt sie mir.

»Das ist echt cool. Wie viele Bilder nehmen an dem Wettbewerb teil?«

»Unterschiedlich. Meist sind es so um die achthundert. Von denen kommen aber nur fünfzig Bilder in die engere Auswahl.«

»Wow, das sind dann aber nur sehr wenige. Sind das alles bekannte Fotografen und Fotografinnen, oder eher Unbekannte?«

Nele schüttelt mit dem Kopf. »Der Wettbewerb richtet sich gezielt an Unbekannte. Er dient dazu ihre Fotografien zu präsentieren und bekannt zu machen.«

Sie schaut mich an. »Wir sind da.«
Nele parkt auf einem großen Gelände. Überall stehen lachende Menschen, die sich angeregt unterhalten. Ganz vorne ist eine Bühne aufgebaut, auf der später die Preise vergeben werden und schöne Fotos ausgestellt sind. Eins davon kommt mir sehr bekannt vor. *Aber das kann doch unmöglich sein…* Ich ignoriere meinen Gedanken.
Neugierig schaue ich mich um. Mein Blick bleibt an einem kreidebleichen Mädchen hängen. Wir gehen ein paar Schritte auf sie zu, vielleicht braucht sie Hilfe.
Bei näherer Betrachtung erkenne ich, wer sie ist. Mir wird unbehaglich zumute.
Annika.
Sie steht dort mit herabhängenden Schultern und starrt ins Leere.
Wir haben uns nicht mehr gesehen, seit sie um Abstand gebeten hat. Das ist inzwischen ein halbes Jahr her.
Nervös trete ich von einem Bein aufs andere.
Ich schlucke meine Gefühle herunter und gehe zu ihr. Die Nervosität steht ihr ins Gesicht geschrieben. Jetzt weiß ich auch, woher ich das Bild auf der Bühne kenne. Sie scheint bei dem Wettbewerb mitzumachen.
Nickend bedeute ich Nele hier zu warten. Sie versteht.
Wortlos nehme ich Annikas Hand und führe sie weg von der Menge. Wir finden eine ruhige Ecke. Keiner von uns sagt ein Wort. Die Anspannung zwischen uns ist deutlich zu spüren. Sofort lasse ich ihre Hand los.

»Mia, ich…«, fängt sie an.

Ich unterbreche sie. »Reden wir jetzt nicht über uns…«
Sie nickt.

»Also, wieso bist du so nervös?«

»Gleich werden tausende von Menschen mein Bild sehen, und ich muss erklären, was meine Gedanken dazu waren.

Ich schaffe das nicht.«
Kopfschüttelnd schaue ich sie an. »Annika, hör auf dir das einzureden! Dein Bild ist wunderschön und deine Gedanken und Gefühle kann ich spüren, wenn ich es betrachte. Du schaffst das!«
Fragend schaut sie mich an. »Woher weißt du, welches mein Bild ist?«
Lachend erwidere ich, dass vorne alle Bilder aufgereiht sind und ich ihres immer darin erkennen würde.
Annika guckt mich an. Einen Moment sagt niemand von uns ein Wort. Dann bricht sie das Schweigen. »Aber es werden mich so viele Leute bewerten. Was ist, wenn es ihnen nicht gefällt?«

»Annika, es ist doch nicht wichtig, ob das Bild den Menschen gefällt! Wichtig ist nur, wie du es findest und was du von dir hältst. Aber ich bin mir sicher, dass es alle lieben werden! Du bist talentiert und wenn die Menschen das nicht sehen, dann, weil sie nicht sehen können, was ich sehe. Deine Bilder berühren mich!«
Lächelnd schaut sie mich an. »Du hast recht. Danke!«
Sie guckt betreten auf den Boden. Nach ein paar Sekunden schaut sie mich direkt an. In ihrem Blick liegt Angst, Schmerz und Reue.

»Mia, womit habe ich deine Hilfe überhaupt verdient? Ich habe dich nicht gut behandelt.«
Ich weiß nicht, was ich sagen soll.
Annika tritt näher. Tränen schießen mir in die Augen.
Gerade war es noch okay, weil wir nicht über uns gesprochen haben. Aber jetzt kann ich nicht mehr so tun, als wäre alles gut. Ich erinnere mich an ihre verletzenden Worte, aber auch an die schönen Momente, die ich mit ihr geteilt habe. Schweigend starre ich ins Leere.

»Mia, es tut mir leid«, schluchzt sie.

»Du hast mich sehr verletzt und dich nie gemeldet. Ein halbes Jahr ist das jetzt her, wieso? Was habe ich dir schlimmes getan?«, erwidere ich.

»Mia, ich ... es tut mir leid.« Annika ringt um Fassung. Aber auch ihre Fassade bricht und sie fängt an zu weinen. Unter Tränen sieht sie mich an und holt tief Luft. Dann wischt sie sich ihre Tränen mit dem Ärmel aus den Augen. »Es tut mir leid. Ich wusste nicht, wie ich anfangen soll. Mir hat die Trennung mit Jan echt zu schaffen gemacht und diese Dreiecksbeziehung tat mir nicht gut. Du hast immer versucht, für uns beide da zu sein, aber ich konnte nicht mehr. Das wurde mir zu viel. Meine Worte waren viel zu hart gewählt. Ich wollte dich nicht verletzen. Wieso hilfst du mir denn überhaupt, wenn du sauer auf mich bist?«

»Annika, du hast mich sehr verletzt. Aber ich konnte dich auch nicht einfach ignorieren, dafür warst du mir mal viel zu wichtig.«

»Das hättest du nicht tun müssen. Nicht nach all dem...! Ich bereue, dass ich mich nicht bei dir gemeldet habe. Das war falsch von mir. Kannst du mir verzeihen? Ich brauche dich!«

Ich gucke sie an. Das habe ich mir so sehr gewünscht.

»Mia, bitte sag doch etwas...«, fleht sie mich an.

»Noch einmal halte ich so etwas nicht aus. Lässt du mich wieder fallen?«

Annika sieht mir tief in die Augen. »Nein, Mia, versprochen!«

Sie weint und schaut mich fragend an. »Darf ich dich umarmen?«

Nickend verringere ich den Abstand zwischen uns. Annika zieht mich in eine feste Umarmung.

»Ich habe dich vermisst«, schluchzt sie.

Minutenlang umarmen wir uns. Jemand tippt mir an die

Schulter.

»Hey, ihr beiden. Es freut mich, dass ihr euch vertragen habt, und ich störe euch nur ungern, aber der Wettbewerb startet in ein paar Minuten. Du musst auf die Bühne, Annika«, sagt Nele.

Ich reiche ihr ein Taschentuch. Zögernd überlege ich, ihr zu erzählen, das Jan und ich nicht mehr befreundet sind. Lange habe ich es mir gefallen lassen, dass er mich nur benutzt, um seinen Ballast bei mir abzuladen. Aber das hat mich nur noch mehr fertig gemacht. Er hat kein Interesse an mir als Person. Ich schaue Annika an. Sie sieht immer noch nervös aus, aber glücklich. Nein, jetzt ist nicht der richtige Moment, um darüber zu reden. Wenn das mit unserer Freundschaft funktionieren soll, dann sollte Jan zwischen uns nie wieder zur Sprache kommen.

»Bleibst du hier und unterstützt mich mental?«

Nickend nehme ich ihre Hand und ziehe sie Richtung Bühne.

Annika erreicht mit ihrer außergewöhnlichen Fotografie über die Schönheit der Natur den ersten Platz. Ich bin stolz auf sie.

Nach der Siegerehrung stürmt sie von der Bühne und fällt mir in die Arme. »Danke, für alles«, flüstert sie mir ins Ohr.

Ich streiche meine Hose glatt und greife in meine Hosentasche. *Was ist das denn?* Meine Hand berührt etwas Weiches, das sich wie ein Stück Papier anfühlt. Ich fische einen kleinen Zettel heraus. Auch wenn das Blatt zerfleddert ist, kann ich die Buchstaben entziffern.

ANNIKA

Lächelnd stecke ich ihn zurück. Mein Gefühl an Silvester hat mich nicht getäuscht. Es war genau die richtige Entscheidung den Zettel nicht wie die anderen zu verbrennen.

KAPITEL 17

Beim Aufräumen fällt mir mein Brief an mich selbst in die Hand. Gespannt öffne ich ihn und beginne zu lesen.

Liebe Mia,

ich bin stolz auf dich!

Du hast in den letzten Jahren Enttäuschungen und Verletzungen erlebt und sie überstanden.

Mia, du bist diesen steinigen und langen Weg gegangen und hast dabei zu dir selbst gefunden!

Du hast dich zu einer starken und selbstbewussten jungen Frau entwickelt, die sich nicht alles gefallen lässt und sich vor allem nicht mehr die Schuld an etwas gibt, woran sie keine hat.

Mia, du bist eine Gewinnerin!

Du hast den Liebeskummer verarbeitet und ich weiß, dass du das wieder könntest!

Hier ein paar Neujahrsvorsätze für dich:

1. Lass dich nicht ausnutzen!

2. Achte auf Zeichen und Signale (Schreibst du immer als Erstes? Hat die Person ständig keine Zeit? Sendet die Person dir widersprüchliche Signale?)

3. Denk daran, dass du wertvoll bist!

4. Glaub an dich selbst!

5. Gib dir nicht für alles die Schuld!

6. Vertraue deinem Bauchgefühl!

7. Lass deine Gefühle zu!

8. Denk daran, dass du ein großartiger Mensch bist!

9. Bleib immer du selbst!

10. Liebe dich selbst!

Deine Mia :)

DANKSAGUNG

Hier sind wir: bei meiner allerersten Danksagung und am Ende meines ersten Buches. *Mein Buch. Oh mein Gott.* Ich habe es noch gar nicht realisiert. Wer hat sich nicht schon einmal vorgestellt, ein Buch zu schreiben, nur um den Gedanken dann schnell wieder zu verwerfen? Ich spreche aus Erfahrung. Früher habe ich viele Kurzgeschichten angefangen und nie beendet, weil mich der Inhalt dann doch nicht fasziniert hat. „Heimkehr zu mir" hat mich jedoch gefesselt, und ich habe den Kurzroman mit so viel Freude geschrieben. Mein Traum, ein Buch zu veröffentlichen, ist wahr geworden. *Unfassbar.* Also haltet an euren Träumen fest.

Aber all das hätte ich ohne die großartigen Menschen in meinem Leben nicht geschafft.

Zuallererst möchte ich mich bei meiner Familie bedanken, die mich immer unterstützt und bei der ich ganz ich selbst sein kann. Ihr seid mein Anker, der mir Halt gibt. Hervorheben möchte ich meine Mutter, die meine ganz persönliche „Lektorin" für diesen Kurzroman war. Danke für deine Ausdauer und Geduld beim mehrmaligen Korrekturlesen.

Ich danke meinen wundervollen Freunden, die immer für mich da sind und ein offenes Ohr haben. Wenn ich bei euch bin, kann ich der Welt für ein paar Stunden entfliehen und meine Flügel ausbreiten.

Besonderer Dank geht an die Illustratorin Carina Janssen, die mein Cover gezeichnet hat.

Danke, an meine Leser und Leserinnen. Ihr ahnt nicht, wie viel es mir bedeutet, dass ihr mein Buch lest. Ich hoffe, ihr hört auf, an euch selbst zu zweifeln, und fangt an, euch selbst zu lieben! Denn jeder von euch ist besonders!

Printed in Poland
by Amazon Fulfillment
Poland Sp. z o.o., Wrocław

44543680R00054